हिन्द पॉकेट बुक्स

उर्दू रुबाइयां

प्रकाश पंडित को विश्व के प्रख्यात संपादकों में गौरवशाली स्थान प्राप्त है। उन्होंने 1960 के दशक में पहली बार नागरी लिपि में उर्दू की चुनी हुई शायरी के संकलन प्रकाशित कर हिन्दी पाठकों को उर्दू शायरी का लुत्फ़ उठाने का अवसर प्रदान किया। हिन्दी एवं उर्दू के सुप्रसिद्ध संपादक प्रकाश पंडित ने शायरी की हरेक पुस्तक में शायर के संपूर्ण लेखन में से बेहतरीन शायरी का चयन किया है और पाठकों की सुविधा के लिए क़ठिन शब्दों के अर्थ भी दिए हैं। प्रकाश पंडित ने हर शायर के जीवन और लेखन पर - जिनमें से कुछ समकालीन शायर उनके परिचित भी थे - रोचक और चुटीली भूमिकाएं लिखी हैं।

उर्दू रुबाइयां

संपादक

प्रकाश पंडित

पेंगुइन रैंडम हाउस इम्प्रिंट

हिन्द पॉकेट बुक्स

यूएसए। कनाडा। यूके। आयरलैंड। ऑस्ट्रेलिया। सिंगापुर
न्यू ज़ीलैंड। भारत। दक्षिण अफ्रीका। चीन

हिन्द पॉकेट बुक्स, पेंगुइन रैंडम हाउस ग्रुप ऑफ़ कम्पनीज़ का हिस्सा है,
जिसका पता global.penguinrandomhouse.com पर मिलेगा

पेंगुइन रैंडम हाउस इंडिया प्रा. लि.,
चौथी मंजिल, कैपिटल टावर -1, एम जी रोड,
गुड़गांव 122 002, हरियाणा, भारत

पेंगुइन
रैंडम हाउस
इंडिया

प्रथम हिन्दी संस्करण हिन्द पॉकेट बुक्स द्वारा 1966 में प्रकाशित
यह हिन्दी संस्करण हिन्द पॉकेट बुक्स में पेंगुइन रैंडम हाउस द्वारा 2022 में प्रकाशित

10 9 8 7 6 5 4 3 2

ISBN 9789353493462

मुद्रकः रेप्रो इंडिया लिमिटेड

www.penguin.co.in

उर्दू

रुबाइयां

नये शायर

पुराने शायर

नए शायर

‘जोश’ मलीहाबादी

शब्बीर हसन खां ‘जोश’ मलीहाबादी, जो ‘शायरे-इन्क़िलाब’ के नाम से प्रसिद्ध हैं और अपने जीवन में ही इतनी ख्याति प्राप्त कर चुके हैं कि उसका उदा-हरण कम से कम उर्दू शायरी में कहीं नहीं मिलता, क़स्बा ‘कुन्हार’ (मलीहाबाद) में 1894 में पैदा हुए। लखनऊ, आगरा और अलीगढ़ के स्कूल-कालेजों में दाख़िल हुए, लेकिन कहीं भी शिक्षापूर्ति न कर सके। दस वर्ष तक निज़ाम (हैदराबाद) की सरकार में मुलाज़िमरहे। फिर प्रसिद्ध उर्दू पत्रिका ‘कलीम’ निकाली। कुछ समय तक फ़िल्म-जगत् में भी रहे, उसके बाद दिल्ली आकर सरकारी पत्र ‘आजकल’ (उर्दू) का सम्पादन-भार संभाला और यहीं उन्हें ‘पद्म विभूषण’ की उपाधि मिली ।

अपनी इस ख्याति पर पानी फेर कुछ वर्ष पूर्व ‘जोश’ स्थायी रूप से पाकिस्तान चले गए हैं।

पते के लिए आज भी ‘जोश’ मलीहाबादी, कराची (पाकिस्तान) काफ़ी है।

क्या शैख़ मिलेगा गुलफ़िशानी[1] करके
क्या पायेगा तौहीने - जवानी करके
तू आतिशे-दोज़ख़ से[2] डराता है उन्हें
जो आग को पी जाते हैं पानी करके

मर्ज़ी हो तो सूली पे चढ़ाना या रब
सौ बार जहन्नुम में जलाना या रब
माशूक़ कहें 'आप हमारे हैं बुज़ुर्ग'
नाचीज़ को[3] ये दिन न दिखाना या रब

काकुल[4] खुलकर बिखर रही है गोया
नर्मी से नदी गुज़र रही है गोया
आंखें तेरी झुक रही हैं मुझसे मिलकर
दीवार से धूप उतर रही है गोया

1. पुष्प-वर्षा (उपदेश) 2. नरक की आग से 3. सेवक को 4 . केशों की लट

गुंचे[1] ! तेरी ज़िन्दगी पे दिल हिलता है
बस एक तबस्सुम[2] के लिए खिलता है
गुंचे ने कहा कि 'इस चमन में बाबा
ये एक तबस्सुम भी किसे मिलता है

क्या शैख़ की ख़ुश्क ज़िन्दगानी गुज़री
बेचारे की इक शब[3] न सुहानी गुज़री
दोज़ख़ के तख़य्युल में[4] बुढ़ापा बीता
जन्नत की दुआओं में जवानी गुज़री

अल्फ़ाज़[5] हैं नागिन-सी जवानी के डसे
अन्फ़ास[6] महकते हुए होटों में बसे
यूं दिल को जगा रहा है तेरा लहजा[7]
जिस तरह सितार के कोई तार कसे

तुझसे जो फिरेगी तो किधर जायेगी
ले जायेगा जिस सम्त[8] उधर जायेगी
दुनिया के हवादिस से[9] न घबरा कि ये उम्र
जिस तरह गुज़ारेगा गुज़र जायेगी

---

1. कली 2. मुस्कराहट 3. रात 4. कल्पना में 5. शब्द 6. श्वास 7. स्वर 8. ओर 9. दुर्घटनाओं से

जन्नत के मज़ों पे जान देने वालो
गंदे पानी में नाव खेने वालो
हर ख़ैर पे चाहते हो सत्तर हूरें
ऐ अपने ख़ुदा से सूद लेने वालो

देता नहीं बोस्तां[1] भी सहारा मुझको
करती नहीं बुलबुल भी इशारा मुझको
मुर्झाए हुए फूल ने हसरत से कहा
अब तोड़के फैंक दो ख़ुदारा[2] मुझको

ऐ ख़्वाब बता यही है बाग़े - रिज़वां[3]
हूरों का कहीं पता, न गिलमां का[4] निशां
इक कुंज में ख़ामोशो - ममूलो - तनहा[5]
बेचारे टहल रहे हैं अल्लाह मियां

जो दिल की है वो बात नहीं होती है
जो दिन न हो वो रात नहीं होती है
हस्ती[6] है वो तूफ़ान कि अक्सर 'जोश'
अपने से मुलाक़ात नहीं होती है

1. बाग़ 2. भगवान के लिए 3. जन्नत 4. लौंडों का 5. मौन, उदास, अकेले 6. जीवन

हर यारे-जफ़ाजू[1] को निबाहा मैंने
समझा हर ज़ख़्मे-दिल को फाहा मैंने
लेकिन अपने से बढ़के अब तक वल्लाह[2]
दुनिया में किसी को नहीं चाहा मैंने

⚜

सर घूम रहा है नाव खेते-खेते
अपने को फ़रेबे-ऐश देते-देते
उफ़ जहदे-हयात[3] ! थक गया हूं मअ़बूद[4]
दम टूट चुका है सांस लेते-लेते

⚜

हम रहते हैं तश्ना[5] छक के पीने के लिए
गिरदाब में फंसते हैं सफ़ीने के लिए
जीते हैं तो मरने के लिए जीते हैं
मरते हैं तो बेदरेग़[6] जीने के लिए

⚜

हर रंग में इब्लीस[7] सज़ा देता है
इन्सान को ब-हर-तौर[8] दग़ा देता है
कर सकते नहीं गुनाह जो अहमक़ लोग
उनको बेरूह[9] नमाज़ों में लगा देता है

⚜

---

1. कठोर प्रेयसी 2. ईश्वर की सौगन्ध 3. जीवन-संग्राम 4. पूज्य (ईश्वर) 5. प्यासे 6. भरपूर 7. शैतान 8. हर हाल में 9. व्यर्थ की

‘फ़िराक़’ गोरखपुरी

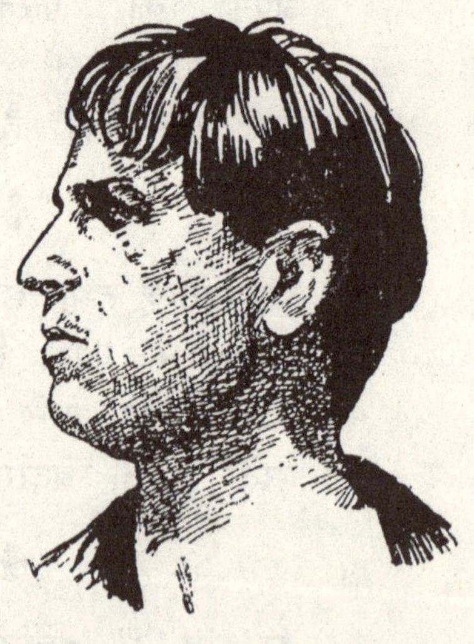

रघुपतिसहायनाम, ‘फ़िराक़’ उपनाम। 1896 में गोरखपुर में जन्म हुआ। म्योर सैण्ट्रेल कालेज, इलाहाबाद से बी० ए० करने के बाद सरकार ने डिप्पी कलक्टरी का औहदा पेश किया, लेकिन उसे ग्रहण करने की बजाय वे कांग्रेस में शामिल होकर जेल चले गए। 1927 में रिहा होकर क्रिश्चियन कालेज, लखनऊ में और फिर सनातन धर्म कालेज में उर्दू के लैक्चरर नियुक्त हुए। इस बीच में उन्होंने एम० ए० कर लिया और इलाहाबाद विश्वविद्यालय में अंग्रेज़ी के लैक्चरर हो गए। अभी हाल ही में रिटायर हुए हैं। आज के भारत में इनकी टक्कर का कोई उर्दू शायर नहीं है।

पता : 8/4 बैंक रोड, इलाहाबाद

करते नहीं कुछ तो काम करना क्या आए
जीते जी जान से गुज़रना क्या आए
रो - रोके मौत मांगने वालों को
जीना नहीं आ सका तो मरना क्या आए

दिन डूब गया रात की अंधियारी है
हर सम्त[1] ख़मोशी का समां तारी है
तारे निकले तो दर्द सीने में उठा
वो आंख की, यह क़ल्ब की बेदारी[2] है

लहरों में खिला कंवल नहाए जैसे
दोशीज़ा - ए - सुब्ह[3] गुनगुनाए जैसे
ये रूप, ये लोच, ये तरन्नुम[4], ये निखार
बच्चा सोते में मुस्कराए जैसे

---

1. ओर 2. मन की जागृति 3. सुबह-रूपी सुन्दरी 4. संगीत

आंसू से भरे-भरे ये नैनां रस के
साजन कब ऐ सखी थे अपने बस के
ये चांदनी रात, ये बिरह की पीड़ा
जिस तरह उलट गई हो नागिन डसके

है रूप में वो खटक, वो रस, वो झंकार
कलियों के चटकते वक़्त जैसे गुलज़ार
या नूर की[1] उंगलियों से देवी कोई
जैसे शबे-माह में[2] बजाती है सितार

वो पेंग है रूप में कि बिजली लहराए
वो रस आवाज़ में कि अमृत ललचाए
रफ़्तार में वो लचक पवन-रस बल खाए
गेसुओं में[3] वो लटक कि बादल मंडलाए

दोशीज़ा[4] पंखड़ी को शबनम[5] धो जाए
जैसे शो'लों की जगमगाहट खो जाए
पिछले को ख़ुमारे-जिस्मे-नाज़ुक[6] जैसे
कलियों के लबों पे मुस्कराहट सो जाए

1. प्रकाश की 2. चांदनी रात में 3. केशों में 4. नई खिली 5. ओस
6. रात के पिछले नाज़ुक बदन का खुमार

आ जाता है हुस्न में सलोनापन और
चंचलपन, बालपन, अनेलापन और
कटते ही सुहागरात देखें जो उसे
बढ़ जाता है रूप का कंवारापन और

⚜

जो रंग उड़ा वो रंग आख़िर लाया
दर्दो - ग़मो - सोज़ो - साज़ क्या - क्या पाया
सब जीने का मज़ा मिला मुहब्बत करके
सद[1] शुक्र 'फ़िराक़' दिल को दुखना आया

⚜

सहरा में ज़मां[2], मकां[3] के खो जाती हैं
सदियों बेदार[4] रहके सो जाती हैं
अक्सर सोचा किया हूं ख़ल्वत में[5] 'फ़िराक़'
तहज़ीबें क्यों ग़ुरूब[6] हो जाती हैं

⚜

दुनिया में अब इस मर्ज़ के बीमार नहीं
इस दौर में[7] सतजुग के परस्तार[8] नहीं
इस रद्दी माल की निकासी है मुहाल[9]
बाज़ार में माज़ी के[10] ख़रीदार नहीं

⚜

---

1. सौ 2-3. समय और विशालता 4. जाग्रत् 5. एकांत में 6. अस्त
7. काल में 8. पुजारी है 9. कठिन 10. अतीत के

दुनिया जो संवर जाए संवर जाने दे
दुनिया जो निखर जाए निखर जाने दे
ये फ़ुर्सते-नज़्ज़ारा गनीमत है 'फ़िराक़'
दिल पे जो गुज़र जाए गुज़र जाने दे

संयोग-बियोग की कहानी न उठा
पानी में भीगते कंवल को देखा
बीती होंगी सुहागरातें कितनी
लेकिन है आज तक कंवारा नाता

खोते हैं अगर जान तो खो लेने दे
ऐसे में जो हो जाए वो हो लेने दे
इक उम्र पड़ी है सब्र भी कर लेंगे
इस वक़्त तो जी भरके रो लेने दे

1. देखने का अवकाश

‘साग़र’ निज़ामी

नाम मुहम्मद समदयार ख़ां, उपनाम ‘साग़र’। 21 दिसम्बर, 1905 को अलीगढ़ में जन्म हुआ और वहीं के गवर्नमेंट स्कूल और एम० ए० ओ० कालेज में शिक्षा ग्रहण की। तेरह वर्ष की आयु में ही मुशायरों में जाने-आने लगे और फिर शेरो-शायरी के साथ-साथ विभिन्न वक़्तों में ‘पैमाना’, ‘मुस्तक़बिल’, ‘अलीगढ़ पंच’, ‘इस्तक़लाल’ और फिर ‘एशिया’ का सम्पादन करते रहे। कुछ समय बम्बई के फ़िल्म-जगत् में गुज़ारने के बाद आजकल इंडिया रेडियो, नई दिल्ली में प्रोड्यूसर हैं और यही उनका पता है।

•

पंजा जल्लाद का बनाया जिसने
शाना क़ातिल का थपथपाया जिसने
क्या हिफ़्ज़े-कबूतर का[1] नहीं वो ज़ामिन[2]
शाहीं को[3] दिया शिकारे-ताज़ा जिसने

⚜

आंसू रातों को यूं बहाना है फ़रार[4]
ता सुब्ह ख़ुला में[5] गिड़गिड़ाना है फ़रार
है ज़िन्दगी, ज़िन्दगी से टक्कर लेना
घबराके दुआ को हाथ उठाना है फ़रार

⚜

पुख़्ता हैं जनाने-शैख़ हम हैं कच्चे
इतना तो बतायें वो अगर हैं सच्चे
क्या पिछले जन्म में थे ख़ुदा के दुश्मन
ये भूख से एड़ियां रगड़ते बच्चे

---

1. कबूतर की रक्षा का 2. ज़मानतदार 3. बाज़ पक्षी को 4. परिस्थितियों से पलायन 5. आकाश में

‘अख़्तर’ शीरानी

मुहम्मद दाऊद ख़ां ‘अख़्तर’ शीरानी 4 मई, 1905 को टौंक राज्य में पैदा हुए । प्रारम्भिक शिक्षा वहीं हुई। फिर ओरियंटल कालेज, लाहौर में दाख़िल हुए, जहां से ‘मुंशी फ़ाज़िल’ करते ही शिक्षा छोड़कर भाग खड़े हुए। कई पत्र-पत्रिकाओं का सम्पादन करने के साथ-साथ उर्दू में रोमांटिक शायरी को वास्तविक अर्थ दिए ; लेकिन शराब के हाथों जीवन नष्ट कर लिया और बड़ी ख़स्ता हालत में 1948 में इनकी मृत्यु हो गई।

•

मौसम भी है उम्र भी शबाब भी है
पहलू में वो रश्के-माहताब[1] भी है
दुनिया में अब और चाहिए क्या मुझको
साक़ी भी है, साज़ भी, शराब भी है।

⚜

जन्नत का समां दिखला दिया मुझको
कौनैन का[2] ग़म भुला दिया मुझको
कुछ होश नहीं कि हूं मैं किस आलम में
साक़ी ने ये क्या पिला दिया मुझको

⚜

रिंदों को बहिश्त की ख़बर दे साक़ी
इक जाम पिलाके मस्त कर दे साक़ी
पैमाना-ए-उम्र है छलकने के क़रीब
भर दे साक़ी ! शराब भर दे साक़ी

---

1. जिससे चांद को ईर्ष्या हो (प्रेयसी) 2. दोनों लोकों का

'रविश' सिद्दीकी

शाहिद अज़ीज़ सिद्दीक़ी नाम, 'रविश' उपनाम। 10 जुलाई, 1911 को ज्वालापुर ज़िला सहारनपुर में पैदा हुए। उर्दू, फ़ारसी, हिन्दी, संस्कृत और अंग्रेज़ी की जो भी शिक्षा ग्रहण की, घर पर की और उनके कथनानुसार सात वर्ष की आयु में ही शे'र कहने शुरू कर दिए। सबसे पहला शे'र है:

ये मेरे ज़ब्ते-मुहब्बत ने की अजब तासीर
कि उनको ज़ब्ते-मुहब्बत का हौसला न रहा

आजकल आल इंडिया रेडियो, नई दिल्ली से सम्बद्ध हैं।

•

रहज़न[1] कोई न ख़िज़्रे - मंज़िल[2] मेरा
दुश्मन तूफ़ान न दोस्त साहिल मेरा
क्या कम है यही कि इस भरी दुनिया में
मैं दिल का शरीके-हाल[3] हूं, दिल मेरा

⚜

कौनैन[4] से दूर जाके देखा है तुझे
शम्मअ़े-इमकां[5] बुझाके देखा है तुझे
क्या ज़िक्र यहां निगाहो-दिल का ऐ दोस्त
मैंने तुझसे छुपाके देखा है तुझे

⚜

सब नक़्शे-क़दम[6] छुपा दिये हैं मैंने
सिजदों के निशां मिटा दिये हैं मैंने
जब से देखा है लिबासे-आदम में[7] तुझे
लाखों पर्दे गिरा दिये हैं मैंने

---

1. लुटेरा 2. मंज़िल तक पहुंचाने वाला पथ-प्रदर्शक 3. संगी 4. दुनिया 5. संभावना-रूपी दीपक 6. पदचिह्न 7. मनुष्य के लिबास में

‘असर’ सहबाई

अब्दुल समीअ़ नाम, ‘असर’ उपनाम। 28 दिसम्बर, 1901 को स्यालकोट (पाकिस्तान) में पैदा हुए। वहीं से मैट्रिक करने के बाद इस्लामिया कालेज, लाहौर से बी० ए० और गवर्नमेंट कालेज, लाहौर से एम० ए० किया और फिर स्यालकोट और जम्मू में वकालत करते रहे। इन दिनों सरकारी वकील की हैसियत से लाहौर में हैं। रुबाइयों के दो संग्रह छप चुके हैं।

•

मुद्दत हुई ज़ख़्म दिल पे खाते-खाते
ऐ काश ! वो पूछ लेते आते-जाते
जब ग़म का पहाड़ टूट पड़ता है 'असर'
आता है क़रार दिल को आते-आते

⚜

रो-रोके अबस[1] शिकवा-ए-बेदाद[2] न कर
ऐ नंगे-जहां[3] रूह को बर्बाद न कर
हिम्मत से है रज़्मगाहे-हस्ती में[4] वक़ार[5]
खा ज़ख़्म पे ज़ख़्म और फ़र्याद न कर

⚜

गुज़री है जिगर के ज़ख़्म सीते-सीते
ज़हराबे-अलम के[6] जाम पीते-पीते
सौ बार अगरचय कोहे-ग़म[7] भी टूटे
गर्दन न कभी झुकेगी जीते - जीते

---

1. व्यर्थ 2. अत्याचार की शिकायत 3. तुच्छ प्राणी 4. जीवनरूपी युद्धक्षेत्र में 5. महानता 6. दुःख-रूपी विष के 7. ग़म का पहाड़

'अर्श' मल्सियानी

उर्दू के बुज़ुर्ग शायर 'जोश' मल्सियानी के सुपुत्र 'अर्श' मल्सियानी का नाम है बालमुकंद। 20 दिसम्बर, 1908 में क़स्बा मल्सियान (जालंधर) में आपका जन्म हुआ। मैट्रिक स्कूल से और एफ० ए० और बी० ए० प्राइवेट तौर पर पास करने के साथ-साथ भूसिंचन विभाग में ओवरसीयरी, अध्यापन आदि करते रहे। 1947 ई० के बाद पहले उर्दू 'आजकल' दिल्ली के सहायक सम्पादक बने और फिर 'जोश' मलीहाबादी के पाकिस्तान चले जाने के बाद से सम्पादक के पद पर हैं।

पता : सम्पादक उर्दू 'आजकल', ओल्ड सैक्रेटेरियट, दिल्ली।

•

फ़िर्दौस[1] के चश्मों की रवानी पे न जा
ऐ शैख़ तू जन्नत की कहानी पे न जा
इस वहम को छोड़ अपने बुढ़ापे ही को देख
हूराने-बहिश्ती की जवानी पे न जा

⚜

साक़ी ! ग़मे-दुनिया से हज़र जाम पिला
मरने का नहीं मुझको ख़तर जाम पिला
जीने की दुआएं जो बुज़ुर्गों से मिलीं
ले वो भी तेरी नज़्र[2], मगन जाम पिला

⚜

तू आतशे-दोज़ख़ का[3] ख़तावार[4] कि मैं
तू सबसे बड़ा मुल्हिद-ओ-ऐयार[5] कि मैं
अल्ला को भी बना दिया हूर-फ़रोश[6]
ऐ शैख़ बता तू है गुनहगार कि मैं

---

1. स्वर्ग 2. भेंट 3. नरक की आग का 4. सज़ावार 5. नास्तिक और धोखेबाज़ 6. हूरें बेचने वाला

बिछड़े हुए एहबाब[1] जो मिल जाते हैं
चाके-दिले-अफ़सुर्दा[2] भी सिल जाते हैं
पीकर जो निकल जाता हूं मैं सू-ए-चमन[3]
गुंचे मेरी तअज़ीम में[4] खिल जाते हैं

⚜

दिन-रात खुली रहती हैं राहें दिल की
तकती हैं किसे रोज़ निगाहें दिल की
किसका तसव्वुर[5] है, ये किसका है ख़याल
रोके से जो रुकती नहीं आहें दिल की

⚜

दिल में तेरे ऐ शैख़ ये क्या बैठा है
क्यों अज़्मते-रिंदी को[6] भुला बैठा है
जो नक़्द मिले उसको बताता है हराम
क्यों झूट पे तू उधार खा बैठा है

1. मित्र 2. उदास दिल के घाव 3. बाग़ की ओर 4. आदर में 5. कल्पना 6. मद्यप होने की महानता को

जगन्नाथ 'आज़ाद'

प्रसिद्ध शायर तिलोकचन्द 'महरूम' के साहबज़ादे जगन्नाथ 'आज़ाद' दिसम्बर, 1918 में मियांवाली (पाकिस्तान) में पैदा हुए। बी० ए० रावलपिंडी से और एम० ए० दयालसिंह कालेज, लाहौर से किया। विभिन्न समाचारपत्रों में काम करते रहे तथा भारत-विभाजन के बाद उर्दू 'आजकल' दिल्ली के सहायक सम्पादक बने। इन दिनों मिनिस्ट्री आफ इन्फ़ारमेशन एण्ड ब्राडकास्टिंग में इन्फ़ारमेशन आफ़िसर हैं।

पता : 216 डी० 1 चाणक्यपुरी, विनय मार्ग, नई दिल्ली।

•

इस रात को गर रोक सको तो रोको
हालात को गर रोक सको तो रोको
लम्हात[1] गुरेज़ां[2] है हवा की सूरत[3]
लम्हात को गर रोक सको तो रोको

अब किसकी थी उस वक़्त ख़ता[4] याद नहीं
किस तरह से हम हुए जुदा याद नहीं
है याद वो गुफ़्तगू की तल्ख़ी[5] लेकिन
'आज़ाद'! वो गुफ़्तगू थी क्या याद नहीं

इससे पहले कि सुबह फूटे ऐ दोस्त
बिजली की तरह हम पे वो टूटे ऐ दोस्त
यूं उड़ते हुए वक़्त पे क़ाबू पा लें
इक लम्हा भी हाथों से न छूटे ऐ दोस्त

1. क्षण 2. कन्नी कतराते हुए 3. तरह 4. दोष 5. कटुता

फूलों की तरह नफ़स[1] महक जाते हैं
शाख़ों की तरह बदन लचक जाते हैं
मिल जाते हैं भटके हुए दो दिल जो कहीं
वो रात की ज़ुल्मत में चमक जाते हैं

⚜

इन्सान के हालात हैं किसके बस में
उड़ते हुए लम्हात[2] हैं किसके बस में
इक रात मिली थी इत्तिफ़ाक़न वर्ना
दुनिया तेरे दिन रात हैं किसके बस में

⚜

फ़िर्दौस का बाब[3] है ये रात ऐ साथी
उड़ता हआ ख़्वाब है ये रात ऐ साथी
इस रात को लम्हात का पैकर[4] न समझ
पी ले कि शराब है ये रात ऐ साथी

1. श्वास 2. क्षण 3. स्वर्ग का दरवाज़ा 4. आकार

सिराजुद्दीन 'ज़फ़र'

सिराजुद्दीन ज़फ़र (इसमें 'ज़फ़र' उपनाम नहीं) जेहलम के रहने वाले हैं, जहां 25 मार्च, 1912 को आपका जन्म हुआ। आपकी माता मिसेज़ अब्दुल क़ादिर उर्दू की प्रसिद्ध कहानीकार महिला हैं। बी० ए०, एल-एल० बी० करने के बाद आपने कुछ समय तक वकालत की, फिर वायुसेना में अफ़सर रहे। आजकल उर्दू के प्रसिद्ध प्रकाशन गृह फ़िरोज़ सन्ज़, कराची से सम्बद्ध हैं।

गुंचों के सबु[1] तही किये जाता हूं
फूलों की रगों से रस पिये जाता हूं
ऐ ख़ालिक़े-हुस्न[2] रोक सकता है तो रोक
बहकाके बहार को लिये जाता हूं

⚜

सौदाई दुख़्तराने - बुतख़ाना[3] हूं
शैदाई हर नज्मा - ओ - रेहाना[4] हूं
क्या शोरे - फ़ना[5] मुझको झंझोड़ेगा कि मैं
पाज़ेब की झंकार का दीवाना हूं

⚜

रिंदाना[6] इरादों पे अड़े रहते हैं
सब्ज़े पे[7] सबु - बकफ़[8] पड़े रहते हैं
क्या मौसमे-गुल[9] हमसे करे क़स्दे-गुरेज़[10]
हम वक़्त के नाके पे खड़े रहते हैं

---

1. मदिरा-पात्र 2. सौन्दर्य के निर्माता 3. मूर्तिगृहों की बेटियों का 4. मुस्लिम लड़कियों के नाम 5. मृत्यु का शोर 6. शराबियों की तरह (दृढ़) 7. हरियाली पर 8. हाथ में मदिरा-पात्र लिए है 9. वसंत ऋतु 10. कन्नी कतराने का इरादा

‘अदम’

सैयद अब्दुल हमीद नाम, ‘अदम’ उपनाम। जन 1909 में क़स्बा तलवंडी (गुजरांवाला—पाकिस्तान) में आपका जन्म हुआ। पिता का देहांत बचपन में ही हो गया था इसलिए जो थोड़ी-बहुत शिक्षा ग्रहण की, बड़ी कठिनाइयों से की। 1928 में - ऑडिटर की हैसियत से मिलिट्री एकाउंट्स विभाग (रावलपिंडी) में नौकर हो गए और आज तक वहीं हैं। ‘अदम’ की गणना आज के उंगलियों पर गिने जाने वाले शायरों में होती है।

मैंने पूछा था इक सितारे से
इन्तिहा[1] भी सफ़र की है कोई
सुनके मेरे सवाल को शबनम
रात - भर फूट - फूटकर रोई

कितनी सदियों से अज़मते-आदम[2]
इज्ज़े - फ़ितरत पे[3] मुस्कराती है
जब मशीयत की[4] कोई पेश न जाए
मौत का फ़ैसला सुनाती है

इक मौज[5] मचल जाए तो तूफ़ां बन जाए
इक फूल अगर चाहे गुलिस्तां बन जाए
इक ख़ून के क़तरे में है तासीर इतनी
इक क़ौम की तारीख़ का उन्वां[6] बन जाए

1. अंत 2. मनुष्य की महानता 3. प्रकृति के विनय पर 4. भगवान की इच्छा की 5. लहर 6. शीर्षक

हश्र[1] तक भी अगर सदाएं[2] दे
बीतकर वक़्त फिर नहीं मुड़ते
सोचकर तोड़ना इन्हें साक़ी
टूटकर जाम फिर नहीं जुड़ते

वाक़्याते - हयात[3] इन्सां को
इक न इक घाट उतार देते हैं
जो जफ़ा से न मर सके उसको
लुत्फ़ का[4] तीर मार देते हैं

दैरो-का'बा की गर्द कब साक़ी
इस मसाफ़त में[5] काम आती है
ज़िन्दगी की दक़ीक़[6] मंज़िल तक
मयकदे की[7] गली ही जाती है

ऐसे जीता हूं जैसे शीशे के
टूटे हिस्सों को जोड़ता है कोई
या तरसती हुई उमंग के साथ
ख़्वाब में फूल तोड़ता है कोई

1. प्रलय 2. आवाज़ें 3. जीवन की घटनाएं 4. प्यार का 5. यात्रा में 6. कठिन 7. मधुशाला की

दिल की हस्ती बिखर गई होती
रूह के ज़ख़्म भर गए होते
ज़िंन्दगी आपकी नवाज़िश है
वर्ना हम लोग मर गए होते

शिकन न डाल जबीं पर[1] शराब देते हुए
ये मुस्कराती हुई चीज़ मुस्कराके पिला
सरूर चीज़ की मिक़दार पर[2] नहीं मौकूफ़[3]
शराब कम है, तो साक़ी नज़र मिलाके पिला

तीरगी के[4] घने हिजाबों में[5]
दूर के चांद झिलमिलाते हैं
ज़िन्दगी की उदास रातों में
बेवफ़ा दोस्त याद आते हैं

और अरमान इक निकल जाता
इक कली हंसके और खिल जाती
काश ! इस संगदिल ज़माने से
इक हसीं[6] शाम और मिल जाती

1. माथे पर 2. माला पर 3. निर्भर 4. अंधेरों के 5. पर्दों में 6. सुन्दर

रूह को इक आह का हक़ है
आंखों को इक निगाह का हक़ है
एक दिल मैं भी लेके आया हूं
मुझको भी इक गुनाह का हक़ है

⚜

ज़िन्दगी की दराज़[1] पलकों पर
रास्ते का ग़ुबार छाया है
आबे-कौसर[2] से आंखों को धो लें
मयकदा फिर क़रीब आया है

⚜

इक हर्फ़[3] इक तवील हिकायत से[4] कम नहीं
इक बूंद एक बहर की वुसअत से[5] कम नहीं
निकले ख़ुलूसे-दिल से[6] अगर वक़्ते-नीम-शब[7]
इक आह इक सदी की इबादत से[8] कम नहीं

⚜

सूरत के आइने में दिले-पायमाल[9] देख
उल्फ़त की वारदात का[10] हुस्ने-मिसाल[11] देख
जब उसका नाम आए किसी की ज़बान पर
उस वक़्त ग़ौर से मेरे चेहरे का हाल देख

---

1. लम्बी 2. स्वर्ग की एक नदी 3. अक्षर 4. लम्बी कहानी से 5. समुद्र की विशालता से 6. सच्चे मन से 7. आधी रात को 8. वन्दना से 9. रौंदा हुआ दिल 10. प्रेम की घटना का 11. उपमा योग्य सुन्दरता

‘अख़्तर’ अनसारी

‘अख़्तर’ अनसारी 1 अक्तूबर, 1909 को बदायूं में पैदा हुए, लेकिन तीन-चार वर्ष की आयु के बाद से दिल्ली में रहने लगे। यहीं दिल्ली विश्वविद्यालय से 1930 में बी० ए० की डिगरी प्राप्त की। इंग्लिस्तान भी गए लेकिन वहां से कुछ प्राप्त किए बिना ही लौट आए। 1934 में ट्रेनिंग कालेज, अलीगढ़ से बी० टी० और फिर अलीगढ़ विश्वविद्यालय से एम० ए० की डिगरियां प्राप्त कीं। एक समय से वहीं ट्रेनिंग कालेज में लैक्चरर हैं। यों तो आपने कहानियां भी लिखी हैं, ग़ज़लें और नज़्में भी; लेकिन ख्याति आपको अपने बहुमूल्य ‘क़तओं’ के कारण प्राप्त हुई है।

पता : ज़ैनुलाबदीन रोड, अलीगढ़।

मैं झेल चुका हूं शिद्दते-शौक़[1]
मैं सदमा-ए-यास[2] उठा चुका हूं
बाक़ी है वो कौनसी अज़ीअत[3]
अब जिसके लिए मैं जी रहा हूं

थाम लेते दिले-वहशी को कभी
कभी रोते कभी आहें भरते
ज़िन्दगी हमको भी मोहलत देती
हम भी ऐ काश ! मुहब्बत करते

मैंने हसरत से कहा—'तुमसे मुहब्बत है मुझे'
तुमने शर्माते हुए मुझको जवाब इसका दिया
आह ! लेकिन दिले-नाशाद[4] ये ग़ारत हो जाए
इस क़दर ज़ोर से धड़का कि मैं कुछ सुन न सका

1. प्रेम की कटुता 2. निराशा का दुःख 3. कष्ट 4. अप्रसन्न मन

चांद के पास इक सितारा था
मैंने देखा तो अश्क बहने लगे
कोई तुझ-सा न हो तमन्नाई
ऐसी हसरत ख़ुदा किसी को न दे

हमेशा जागते ही जागते सहर[1] कर दी
कभी हंसा, कभी आहें भरीं, कभी रोया
बनाके चांद को अपना गवाह कहता हूं
मैं आज तक शबे-महताब में[2] नहीं सोया

जिनको है ऐशे-दिल मयस्सर[3] वो
हाए क्या खिलखिलाके हंसते हैं
और हम बेनसीब ऐ 'अख़्तर'
मुस्कराने को भी तरसते हैं

जो पूछता है कोई, सुर्ख़ क्यों हैं आज आंखें
तो आंखें मलके मैं कहता हूं, रात सो न सका
हज़ार चाहूं मगर ये न कह सकूंगा कभी
कि रात रोने की ख़्वाहिश थी और रो न सका

1. सुबह 2. चांदनी रात में 3. प्राप्त

इन आंसुओं को टपकने दिया न था मैंने
कि ख़ाक में न मिलें मेरी आंख के तारे
मैं इनको ज़ब्त न करता अगर ख़बर होती
पहुंचके क़ल्ब में[1], बन जाएंगे ये अंगारे

⚜

अंधेरी रात, ख़मोशी, सरूर का आलम[2]
भरी है क़हर की[3] मस्ती हवा के झोंकों में
सुकूत[4] बनके फ़ज़ाओं पे[5] छा गई है घटा
बरस रही हैं ख़ुदा जाने क्यों मेरी आंखें

⚜

मुद्दत हुई कि नग़मा-फ़िशां भी हुए थे हम
शाख़े-तरब पे[6] ज़मज़मा-ख़्वां[7] भी हुए थे हम
हमको तो कुछ ख़बर नहीं अपनी मगर नदीम[8]
कहता है हाफ़िज़ा[9] कि जवां भी हुए थे हम

⚜

काग़ज़ी नाव तैराने की ज़रूरत क्या थी
आग में फूल उगाने की ज़रूरत क्या थी
जिसके बनने में ही मज़मर[10] हों बिगड़ने के चलन
ऐसी दुनिया को बनाने की ज़रूरत क्या थी

---

1. दिल में 2. नशे की हालत 3. अत्यधिक 4. चुप्पी 5. वातावरण पर 6. हर्ष-रूपी शाखा पर 7. चहचहाना 8. मित्र 9. स्मरण-शक्ति 10. निहित

'मजाज़'

असरारुलहक़ नाम, 'मजाज़ उपनाम। 2 फरवरी, 1909 को क़स्बा रदौली (ज़िला बाराबंकी) में आपका जन्म हुआ। प्रारम्भिक शिक्षा लखनऊ में हुई। अलीगढ़ से बी० ए० करने के बाद कुछ समय तक आल इण्डिया रेडियो, दिल्ली में, कुछ समय बम्बई के सूचना-विभाग में और फिर कुछ समय हार्डिंग लायब्रेरी, दिल्ली में काम करते रहे। —'कुछ समय' इसलिए क्योंकि अधिक समय उनका शेरो-शायरी और शराबनोशी में गुज़रा और इसी शराबनोशी ने इस अलबेले शायर को 6 दिसम्बर, 1955 के दिन मौत की नींद सुला दिया।

मुझे साग़र दोबारा मिल गया है
तलातुम में[1] किनारा मिल गया है
मेरी बादा-परस्ती[2] पर न जाओ
जवानी को सहारा मिल गया है

ख़िरमने-दिल[3] जला रहा हूं मैं
नक़्शे-हस्ती[4] मिटा रहा हूं मैं
तू न मग़मूम[5] हो मगर ऐ दोस्त
तेरी ही सम्त[6] आ रहा हूं मैं

दिल को महवे-ग़मे-दिलदार[7] किए बैठे हैं
रिंद[8] बनते हैं मगर ज़हर पिए बैठे हैं
चाहते हैं कि हरइक ज़र्रा शिगूफ़ा[9] बन जाए
और ख़ुद दिल में इक ख़ार[10] लिए बैठे हैं

1. तूफ़ान में 2. मदिरा-पूजन, शराबी होना 3. दिल-रूपी खलिहान 4. जीवन की रूपरेखाएं 5. उदास 6. ओर 7. प्रेयसी के ग़म में मग्न 8. शराबी 9. फूल 10. कांटा

ख़ुद को बहलाना था आख़िर, ख़ुद को बहलाता रहा
मैं ब - ईं सोज़ - दरूं[1] हंसता रहता, गाता रहा
मुझको एहसासे - फ़रेबे - रंगो - बू[2] होता रहा
मैं मगर फिर भी फ़रेबे - रंगो - बू खाता रहा

⚜

मुझसे मत पूछ 'तेरे हुस्न में क्या रक्खा है'
आंख से पर्दा-ए-ज़ुल्मात[3] उठा रक्खा है
मेरी दुनिया कि मेरे ग़म से जहन्नुम-बरदोश[4]
तूने दुनिया को भी फ़िर्दौस[5] बना रक्खा है

⚜

मुझसे मत पूछ 'तेरे इश्क़ में क्या रक्खा है'
सोज़ को साज़ के पर्दे में छुपा रक्खा है
जगमगा उठती है दुनिया-ए-तख़ैयुल[6] जिससे
दिल में वो शोला-ए-जांसोज़[7] दबा रक्खा है

⚜

ये माना आज दिल फ़र्ते-अलम से[8] पारा-पारा[9] है
बुलंदी देखने वाले को पस्ती भी गवारा है।
हज़ारों के लिए मैं गिर चुका हूं बामे-गर्दूं से[10]
हज़ारों वो हैं जिनको मैंने गर्दूं से उतारा है

⚜

---

1. हृदय की पीड़ा के बावजूद 2. रंग तथा सुगंध के छल का अनुभव 3. अंधेरे का पर्दा 4. कंधे पर लिए हुए 5. स्वर्ग 6. कल्पना का संसार 7. जान को जलाने वाला शोला 8. ग़म के आधिक्य से 9. टुकड़े-टुकड़े 10. आकाश से

अपना ग़म औरों को दे, औरों का ग़म लेने से क्या
तेरी कश्ती पार लग जाएगी इस खेने से क्या
बात तो जब है कि मर जा अर्सा-गाहे-रज़्म में[1]
इस पे दम देने से क्या और उस पे दम देने से क्या

⚜

ज़िन्दगी साज़ दे रही है मुझे
सिहरो-एजाज़[2] दे रही है मुझे
और बहुत दूर आस्मानों से
मौत आवाज़ दे रही है मुझे

1. जीवन-रूपी युद्धक्षेत्र में 2. जादू तथा चमत्कार

'फ़ैज़'

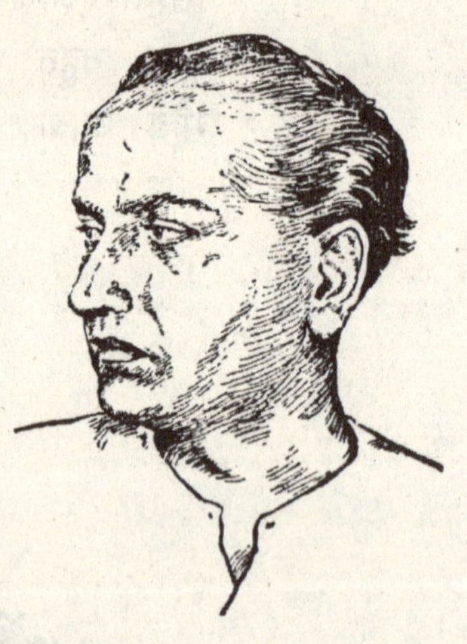

फ़ैज़ अहमद नाम, 'फ़ैज़' उपनाम। 1912 में स्यालकोट में पैदा हुए। प्रारंभिक शिक्षा वहीं से प्राप्त की। उसके बाद गवर्नमेंट कालेज, लाहौर से अंग्रेज़ी और अरबी में एम० ए० किया और 1936 में एम० ए० ओ० कालेज, अमृतसर में और 1940 में हेली कालेज ऑफ़ कामर्स, लाहौर में लैक्चरर हो गए। 1942 से 1946 तक सेना में कर्नल के पद पर रहे। पाकिस्तान बनने पर आपने अपना सैनिक जीवन त्याग दिया और बायें बाज़ू के पत्र 'पाकिस्तान टाइम्ज़' के सम्पादक हो गए। 1941 में 'रावलपिंडी साज़िश केस' में गिरफ़्तार होकर लगभग पांच वर्ष तक जेल में रहे। रिहा हुए तो जनरल अय्यूब ख़ां की सरकार ने पुनः जेल में डाल दिया।

इन दिनों 'बाहर' हैं।

वक़्फ़े - हिर्मानो - यास[1] रहता है
दिल है अक्सर उदास रहता है
तुम तो ग़म देके भूल जाते हो
मुझको एहसां का पास[2] रहता है

रात यूं दिल में तेरी खोई हुई याद आई
जैसे वीराने में चुपके से बहार आ जाए
जैसे सहराओं में हौले से चले बादे-नसीम[3]
जैसे बीमार को बेवजह क़रार आ जाए

न पूछ जब से तेरा इन्तिज़ार कितना है
कि जिन दिनों से मुझे तेरा इंतिज़ार नहीं
तेरा ही अक्स[4] है उन अजनबी बहारों में
जो तेरे लब[5], तेरे गेसू[6], तेरा किनार[7] नहीं

1. निराशा-ग्रस्त 2. ख़्याल 3. ठण्डी हवा 4. प्रतिबिम्ब 5. होंठ 6. केश 7. पहलू

फ़िक्रे - सूदो - ज़ियां[1] तो छूटेगी
मिन्नते - ईनो - आं[2] तो छूटेगी
ख़ैर, दोज़ख़ में मय मिले न मिले
शैख़ साहब से जां तो छूटेगी

बात बस से निकल चली है
दिल की हालत संभल चली है
अब जुनूं[3] हद से बढ़ चला है
अब तबीयत बहल चली है

सुब्ह फूटी तो आस्मां पे तेरे
रंगे - रुख़्सार की[4] फुहार गिरी
रात छाई तो रू-ए-आलम पर[5],
तेरी ज़ुल्फ़ों की आबशार गिरी

न आज लुत्फ़[6] कर इतना कि कल गुज़र न सके
वो रात जोकि तेरे गेसुओं की[7] रात नहीं
ये आरज़ू भी बड़ी चीज़ है मगर हमदम
विसाले - यार[8] फ़क़त[9] आरज़ू की बात नहीं

1. लाभ और हानि की चिंता 2. इस-उसकी ख़ुशामद 3. उन्माद 4. गालों के रंग की 5. संसार के चेहरे पर 6. प्यार, कृपा 7. केशों की 8. प्रेयसी का मिलन है 9. केवल

सबा के[1] हाथ में नर्मी है उनके हाथों की
ठहर - ठहरके होता है आज दिल को गुमां
वो हाथ ढूंड रहे हैं बिसाते - महफ़िल में[2]
कि दिल के दाग़ कहां हैं निशस्ते-दर्द[3] कहां

ढलती है मौजे-मय[4] की तरह रात इन दिनों
खिलती है सुब्ह, गुल की तरह रंगो-बू से पुर
वीरां हैं जाम, पास[5] करो कुछ बहार का
दिल आरज़ू से पुर करो, आंखें लहू से पुर

1. प्रभात समीर के 2. महफ़िल में बिछी चादर में 3. पीड़ा की जगह
4. शराब की लहर 5. सत्कार

जांनिसार 'अख़्तर'

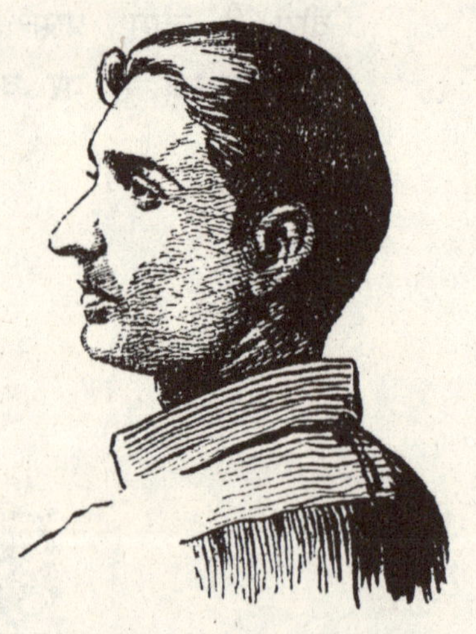

उर्दू के उस्ताद शायर 'मुज़्तर' ख़ैराबादी के सुपुत्र जांनिसार 'अख़्तर' का जन्म 8 फरवरी, 1914 को ग्वालियर में हुआ। वहीं से मैट्रिक करने के बाद अलीगढ़ विश्वविद्यालय से 1937 में बी० ए० और 1939 में एम० ए० (उर्दू) की डिग्रियां प्राप्त कीं। पहले विक्टोरिया कालेज, ग्वालियर और फिर हमीदिया कालेज, भोपाल में लैक्चरर रहे। पिछले दस-बारह वर्ष से बम्बई के फ़िल्म-जगत् में हैं और शेरो-शायरी के साथ-साथ फ़िल्मी गीत लिख रहे हैं।

पता : प्लाट नं० 77, फ्लैट नं० टी० पी० एस० 3 बांदरा, बंबई-20

•

कितनी मासूम हैं तेरी आंखें
बैठ जा मेरे रूबरू[1] मेरे पास
एक लम्हे[2] को भूल जाने दे
अपने इक-इक गुनाह का एहसास

यूंही बदला हुआ सा इक अन्दाज़
यूंही रूठी हुई सी एक नज़र
उम्र-भर मैंने तुझ पे नाज़ किया
तू किसी दिन तो नाज़ कर मुझ पर

आ कि उन बदगुमानियों की[3] क़सम
भूल जाएं ग़लत - सलत बातें
आ किसी दिन के इंतिज़ार में ऐ दोस्त
काट दें जाग - जागकर रातें

1. सम्मुख 2. क्षण 3. मिथ्या सन्देहों की

अब्र में[1] छुप गया है आधा चांद
चांदनी छन रही है शाख़ों से
जैसे खिड़की का एक पट खोले
झांकता हो कोई सलाख़ों से

⚜

यूं दिल की फ़ज़ा में[2] खेलते हैं
रह - रहके उम्मीद के उजाले
छुप - छुपके कोई शरीर लड़की
आइने का अक्स[3] जैसे डाले

⚜

किसको मालूम था कि अहदे-वफ़ा[4]
इस क़दर जल्द टूट जाएगा
क्या ख़बर थी कि हाथ लगते ही
फूल का रंग छूट जाएगा

⚜

तितली कोई बेतरह झटककर
फिर फूल की सम्त[5] उड़ रही है
हिर-फिरके मगर तेरी ही जानिब[6]
इस दिल की निगाह मुड़ रही है

---

1. बादलों में 2. वातावरण में 3. प्रतिच्छाया 4. प्रेम-प्रतिज्ञा 5, 6. ओर

आज मुद्दत के बाद होंटों पर
एक मुबहम-सा[1] गीत आया है
इसको नग़मा तो कह नहीं सकता
ये तो नग़मे का एक साया है

⚜

अंगड़ाई ये किसने ली अदा से
कैसी ये किरन फ़ज़ा में[2] फूटी
क्यों रंग बरस पड़ा चमन में
क्या क़ौसे-कुज़ह[3] लचकके टूटी

⚜

ये किसका ढलक गया है आंचल
तारों की निगाह झुक गई है
ये किसकी मचल गई हैं ज़ुल्फ़े
जाती हुई रात रुक गई है

⚜

यूं उसके हसीन आरिज़ों पर[4]
पलकों के लचक रहे हैं साये
छिटकी हुई चांदनी में 'अख़्तर'
जैसे कोई आड़ में बुलाए

---

1. अस्पष्ट-सा 2. वातावरण में 3. इन्द्रधनुष 4. गालों पर

अहमद नदीम 'क़ासमी'

अहमदशाह ख़ानदानी और अहमद नदीम क़ासमी साहित्यिक नाम है। अंगा (ज़िला शाहपुर—पाकिस्तान) में 20 नवम्बर, 1916 को आपका जन्म हुआ। घर की आर्थिक स्थिति अच्छी न होने के कारण बड़ी मुश्किलों से 1935 में बी० ए० किया और स्वभाव के प्रतिकूल क्लर्की, मोहर्ररी, सब-इन्स्पैक्टरी आदि करते रहे। आख़िर यह सब छोड़कर लाहौर चले आए जहां 'तहज़ीबे-निसवां', 'फूल', 'अदबे-लतीफ़', 'नुक़ूश' और 'इमरोज़' ऐसे पत्र-पत्रिकाओं का सम्पादन किया और सेफ़्टी एक्ट के मातहत दो बार जेल गए। इतना सब होने पर भी आपने इतना कुछ लिखा है कि आश्चर्य होता है, क़ासमी ने ये सब कैसे लिख लिया !

पता : 6 निसबत रोड, लाहौर (पाकिस्तान)

ढोल बजते हैं, दनादन की सदा आती है
फ़स्ल कटती है, लचकती है, बिछी जाती है
नौजवां गाते हैं जब सांवले महबूब का गीत
एक दोशीज़ा[1] ठिठक जाती है, शर्माती है

मैंने मासूम बहारों में तुझे देखा है
मैंने माहूम[2] सितारों में तुझे देखा है
मेरे महबूब ! तेरी पर्दानशीनी की क़सम
मैंने अश्कों की[3] क़तारों में तुझे देखा है

गली के मोड़ पर लड़कों के एक जमघट में
ये किसने दर्द-भरी लय में 'माहिया' गाया
मुझे किसी से मुहब्बत नहीं मगर ऐ दोस्त
ये क्या हुआ कि दिले-बेक़रार भर आया

1. कुमारी 2. भ्रमजनक 3. आंसुओं की

देख री तू पनघट पे जाकर मेरा ज़िक्र न छेड़ा कर
क्या मैं जानूं कैसे हैं वो, किस कूचे में रहते हैं ?
मैंने कब तारीफ़ें की हैं, उनके बांके नैनों की
'वो अच्छे ख़ुशपोश जवां हैं'—मेरे भैया कहते हैं

दिल की धड़कन तेरी पलकों की झपक में उमड़ी
देर तक राज़ रहे राज़, तो खुल जाता है
अपनी किरनों को समेटे हुए हंगामे - सफ़र[1]
चांद शबनम में उतरता है तो घुल जाता है

छांव और धूप की तक़रार है बुनियादे-हयात[2]
तुमको हर बात नई बात नज़र आती है
रो दिये हो तो अब ऐलाने-तबस्सुम[3] कर दो
कि सितारों के पिघलते ही सहर[4] आती है

आंख खुल जाती है जब रात को सोते-सोते
कितनी सूनी नज़र आती है गुज़रगाहे-हयात[5]
ज़हनो - विजदान में[6] फ़ासले तन जाते हैं
शाम की बात भी लगती है बहुत दूर की बात

1. यात्रा करते हुए 2. जीवन की नींव 3. मुस्कराने की घोषणा 4. सुबह 5. जीवन-मार्ग 6. मस्तिष्क और मस्ती में

ख़ुदा की याद में सद्दियां गुज़ार दीं लेकिन
ख़ुदा से सिर्फ़ तहय्युर की[1] धुन्ध लाया है
अजब नहीं कि ख़ुदा अर्श से[2] उतर आए
अब आदमी को अपना ख़याल आया है

⚜

इन भयानक जली चट्टानों में
ज़िन्दगी का सुराग़[3] पाऊंगा !
हमसफ़र तू ठहर सके तो ठहर
मैं तो उन चोटियों पे जाऊंगा

⚜

अंधेरों में कटी है ज़ीस्त[4] जिनकी
नहीं करते सितारों की गुलामी
भटक जाते हैं जब पगडंडियों से
तो बनती है सहारा नर्म - गामी[5]

⚜

मेरी जां और क़रीब आ कि ज़माने का हिसार[6]
वक़्त के साथ सिमटता ही चला जाता है
दायरे तंग हुए जाते हैं इम्कानों के[7]
ख़्वाब तक देखना दुश्वार हुआ जाता है

---

1. आश्चर्य की 2. सातवें आकाश से 3. निशान 4. जीवन 5. मंद गति 6. घेरा 7. सम्भावनाओं के

'साहिर'

नाम अब्दुलहयी, 'साहिर' उपनाम। 8 मार्च, 1922 को लुध्याना में पैदा हुए। 1938 में ख़ालसा हाई स्कूल, लुध्याना से मैट्रिक पास करने के बाद गवर्नमेंट कालेज में दाख़िल हुए, लेकिन राजनीतिक कार्यों में भाग लेने के कारण कालेज से निकलना पड़ा। फिर लाहौर के इस्लामिया कालेज में आए, लेकिन कुछ कारणों से बी० ए० करने से पहले ही कालेज छोड़ दिया और 1949 तक 'अदबे-लतीफ़' फिर 'शाहकार' फिर 'सवेरा' और फिर 'शाहराह' का सम्पादन करते रहे। 1949 से बम्बई के फ़िल्म-जगत् में हैं और बड़े सुन्दर और प्रगतिशील गीत लिख रहे हैं।

पता : चिनाई निवास, 7 बंगला, अंधेरी, बम्बई।

चंद कलियां निशात की[1] चुनकर
मुद्दतों महवे-यास[2] रहता हूं
तेरा मिलना ख़ुशी की बात सही
तुझसे मिलकर उदास रहता हूं

तेरी नज़रों को मुहब्बत की तमन्ना न सही
तेरी नज़रें मेरी हमराज़[3] तो बन सकती हैं
चार दिन के लिए तकलीफ़े-मुरव्वत[4] करके
इक नये दर्द का आग़ाज़[5] तो बन सकती हैं

जुनूं-नवाज़[6] नज़ारों की याद आती है
गुरेज़-पेशा[7] बहारों की याद आती है
शबे-फ़िराक़ की[8] तनहाइयां सताती हैं
तो कैसे-कैसे निगारों की[9] याद आती है

---

1. सुख की 2. निराशा-ग्रस्त 3. अन्तरंग 4. शील अथवा लगाव का कष्ट 5. प्रारम्भ 6. उन्मादजनक 7. संकोच की आदी 8. जुदाई की रात की है 9. प्रेयसियों की

न मुंह छुपाके जिये हम न सर झुका के जिये
सितमगरों की[1] नज़र से नज़र मिलाके जिये
अब एक रात अगर कम जिये तो हैरत[2] क्यों ?
हम उनके साथ थे जो मशअ़लें जलाके जिये

वजहे - बेरंगी - ए - गुलज़ार[3] कहूं तो क्या हो
कौन है कितना गुनहगार कहूं तो क्या हो
तुमने जो बात सरे-बज़्म[4] न सुनना चाही
मैं वही बात सरे-दार[5] कहूं तो क्या हो

जहां-जहां तेरी ज़ुल्फ़ों की ओस टपकी थी
वहां-वहां से अभी तक ग़ुबार उठता है
जहां-जहां तेरी नज़रों के फूल बिखरे थे
वहां-वहां दिले - वहशी[6] पुकार उठता है

1. अत्याचारियों की 2. आश्चर्य 3. बाग़ अर्थात् देश की दरिद्रता का कारण 4. महफ़िल में 5. फांसी के तख़्ते पर 6. पागल मन

नरेशकुमार 'शाद'

नाम नरेशकुमार, 'शाद' उपनाम। दिसम्बर, 1928 में नकोदर (ज़िला जालंधर) में जन्म हुआ। पिता 'दर्द' नकोदरी स्वयं अच्छे शायर थे, इसलिए प्रारम्भिक रचनाएं पहले पिता को और फिर 'जोश' मलस्यानी को दिखाते रहे। लगभग एक दर्जन कविता संग्रह छप चुके हैं। विभिन्न पत्र-पत्रिकाओं में काम करने के बाद पिछले दस वर्ष से पुनर्वास-विभाग से सम्बद्ध हैं।

पता : एफ० 15, मोतीबाग नं० 2, नई दिल्ली।

•

ज़िन्दगी अपने आइने में तुझे
अपना चेहरा नज़र नहीं आता
ज़ुल्म करना तो तेरी आदत है
ज़ुल्म सहना मगर नहीं आता

ज़ब्त की[1] कोशिशें बजा लेकिन
क्या छुपे शौक़े-बेपनाह का राज़
हर किसी को सुनाई देती है
मेरी आवाज़ में तेरी आवाज़

पत्ती-पत्ती गुलाब हो जाती
हर कली मस्ते-ख़्वाब[2] हो जाती
तूने डालीं न मयफ़िशां[3] नज़रें
वरना शबनम शराब हो जाती

1. सहन करने की 2. निद्रा-मग्न 3. शराबी

दहर में[1] वफ़ाशिआरों को[2]
दोस्ती के भरम ने मार दिया
दुश्मनों से तो बच गए लेकिन
दोस्तों के करम ने[3] मार दिया

दर्द ही दर्द भर गया दिल में
इतना हस्सास[4] कर दिया ग़म ने
जब किसी आंख से गिरा आंसू
अपनी आंखों पे ले लिया हमने

मयकदों के[5] भी आस-पास रही
गुलरुख़ों से[6] भी रूशनास[7] रही
जाने क्या बात थी कि इसपर भी
ज़िन्दगी उम्र-भर उदास रही

जब भी मैंने तुझे भुलाया है
वाक़्या है फ़रेब खाया है
क्योंकि हरइक ख़याल से मुझको
सिर्फ़ तेरा ख़याल आया है

---

1. संसार में 2. वफ़ादारों को 3. कृपा ने 4. भावुक 5. मधुशालाओं के 6. फूल ऐसे मुखड़े बालों से 7. परिचित

तेरे पुरपेच गेसुओं की[1] क़सम
राहे-हस्ती में[2] भी कई ख़म[3] थे
लाज रख ली तेरी जुदाई ने
वरना दुनिया में और भी ग़म थे

कुछ यक़ीं[4] अक्ल पर नहीं है मुझे
एतिमादे-नज़र[5] नहीं है मुझे
ये ख़बर है कि तुम हो मेरे क़रीब
मैं कहां हूं ख़बर नहीं है मुझे

कुछ मुरक़्के[6] हैं ज़िन्दगानी के
चंद उन्वां[7] हैं इक कहानी के
चांदनी, ज़ुल्फ़, रक़्स, शे'र, शराब
मुख़्तलिफ़ नाम हैं जवानी के

मैंने हर ग़म ख़ुशी में ढाला है
मेरा हरइक चलन निराला है
लोग जिन हादिसों से मरते हैं
मुझको उन हादसों ने पाला है

1. पेचदार केशों की 2. जीवन-मार्ग में 3. पेच 4. विश्वास 5. दृष्टि पर विश्वास 6. चित्र-संकलन 7. शीर्षक

झूलती है धनुक के झूलों में
नूर की[1] वादियों में सोती है
तुझसे मिलने के बाद मेरी नज़र
तुझसे बढ़कर हसीन होती है

⚜

तू मेरी ज़िन्दगी का परतौ[2] है
मैं तेरी आरज़ू का साया हूं
फिर भी तुझको मैं हद्दे-इम्कां[3] तक
एहतियातन पुकार आया हूं

1. प्रकाश की 2. प्रतिच्छाया 3. संभावना की सीमा

‘फ़ारिग़’ बुख़ारी

सैयद मीर अहमदशाह बुख़ारी नाम, ‘फ़ारिग़’ उपनाम। 1918 ई० में पेशावर में पैदा हुए और तब से अब तक वहीं हैं। कई पत्र-पत्रिकाओं का सम्पादन कर चुके हैं। ‘ज़ेरो-बम’ नाम से एक कविता-संग्रह भी है।

पता : मोहल्ला ख़ुदादाद ख़ां, पेशावर (पाकिस्तान)

•

तेरे होंटों में गीत पलते हैं
तेरी आंखों से सुब्ह फूटती है
सांस रुकती है गर्दिशों की[1] जब
तेरी अंगड़ाई बनके टूटती है

⚜

देखकर तेरा इल्तिफ़ाते-नाज़[2]
ऐसी सुरअ़त से[3] नब्ज़ चलती है
जिस तरह कोई डूबती कश्ती
बचके साहिल पे आ निकलती है

⚜

आलमे-ऐश में[4] कभी यूं भी
रूह में कपकपी-सी होती है
जिस तरह ग़म नसीब दोशीज़ा[5]
घर में आंखें बचाके रोती है

---

1. संसार-चक्रों की 2. नाज़-भरी कृपा 3. तेज़ी से 4. ऐश की हालत में 5. कंवारी

हरिचन्द 'अख्तर'

हरिचन्द नाम, 'अख्तर' उपनाम। अप्रैल, 1901 में ज़िला होशियारपुर के एक गांव में। आपका जन्म हुआ। गवर्नमेंट कालेज, लाहौर से एम० ए० किया और कालेज मैगज़ीन का सम्पादन भी। शिक्षापूर्ति के बाद विभिन्न पत्र-पत्रिकाओं का सम्पादन करते रहे। कुछ समय तक पंजाब एसैम्बली में रिपोर्टर भी रहे, और सौंग-पब्लिसिटी डिपार्टमेंट में भी काम किया। जीवन में बहुत कुछ लिखा, लेकिन संभालकर कुछ नहीं रखा। 1 जनवरी, 1958 को दिल्ली में आपका देहावसान हुआ।

किसी प्रकार एक छोटा-सा कविता-संग्रह 'कुफ़्रो-ईमान' आपकी मृत्यु के बाद छपा है।

तुम्हारी दोस्ती अच्छी न दिल की दुश्मनी अच्छी
उसे दुश्मन तुम्हें अपना बनाकर हमने देखा है
हमें मालूम है, मर्गे-तमन्ना[1] किसको कहते हैं
कहीं अपना मुक़द्दर[2] आज़माकर हमने देखा है

वक़्ते-आख़िर[3] उम्र-भर के सब फ़साने कह गई
वो पशेमानी[4] तेरी और उसपे हैरानी मेरी
अपनी-अपनी मंज़िले-मक़सूद[5] पर ले जायेगी
दोस्तों को उनकी अक़्ल और मुझको नादानी मेरी

फ़रेब हज़रते-आदम को दे गया इब्लीस[6]
क़रीब ही था ख़ुदा भी, ख़ुदा से कुछ न हुआ
ख़ुदा तो ख़ैर मुसलमां था, उससे शिकवा क्या
मेरे लिए मेरे परमात्मा से कुछ न हुआ

---

1. इच्छा की मृत्यु 2. भाग्य 3. अंतिम समय 4. पश्चात्ताप 5. इच्छित मंज़िल 6. शैतान

जब हंसने वाले इश्क़ की ज़िल्लत पे हंस चुके
हमने फिर उसका नाम लिया और रो दिये
पहले तो शर्मे-ज़ब्त से[1] चुप थे हुज़ूरे-दोस्त[2]
फिर हौसले से काम लिया और रो दिये

⚜

लब पर[3] ही कभी आ न सका नाम तुम्हारा
दिल ने तो कई बार, कई बार पुकारा
इक बार जो मिल जायें वो बिछड़े हुए लम्हे[4]
सौ बार मुझे तल्ख़ी-ए-अय्याम[5] गवारा

⚜

अजब क्या था जो मैं रोज़े-अज़ल[6] ईमान ले आया
अजब ये है कि अब तक भी मेरा ईमान बाक़ी है
नुमूदे-ख़ैरो-शरका[7] ये नतीजा किसने सोचा है
ख़ुदा मफ़रूर[8] आदम जां-ब-लब[9] शैतान बाक़ी है

1. सहनशीलता की लज्जा से 2. मित्र या प्रेयसी के सामने 3. होंटों पर 4. क्षण 5. संसार की कटुता 6. आदिकाल के प्रथम दिन 7. अच्छाई-बुराई के प्रकट होने का 8. भागा हुआ है 9. मानव के होटों पर श्वास अटके हुए हैं

‘एहसान’ दानिश

एहसानुलहक़ नाम, ‘एहसान उपनाम। 1914 ई० में कांधला (ज़िला मुज़फ़्फ़रनगर) में पैदा हुए। पिता अत्यन्त निर्धन थे इसलिए इच्छा होने पर भी बेटे को चार कक्षाओं से अधिक न पढ़ा सके और एहसानुलहक़ को ‘एहसान दानिश’ बनने तक मज़दूरी, राजगीरी, बाग़बानी, चौकीदारी इत्यादि कई पापड़ बेलने पड़े और इसीलिए जब ‘एहसान’ शायर हुए तो ‘शायर-ए-मज़दूर’ हुए।

आजकल लाहौर में ‘मक्तबा दानिश’ के नाम से अपने प्रकाशन-गृह से अपनी पुस्तकें छापते और बेचते हैं।

•

बाग़ में छुई-मुई वक़्ते-सहर[1]
नर्म झोंकों से लहलहाती है
जैसे इकलौते लाल को लेकर
मां निगाहों से मुस्कराती है

⚜

निगूं[2] है चर्ख़ के[3] क़दमों पे सूरज
शफ़क़ से[4] सुर्ख़ है दरिया का सीना
अजब शै है ये हैबतनाक[5] मंज़र[6]
किसी हाकिम के दिल में जैसे कीना[7]

⚜

उम्रे-इन्सां के गुज़र लेते हैं जब चालीस साल
ज़िन्दगी को इस तरह पीती है इक तबअ़े-ग़यूर[8]
जैसे रौशनदान के शीशों से हंगामे-ग़ुरूब[9]
बंद कमरे में दरो-दीवार पर बुझता-सा नूर[10]

---

1. प्रातः-समय 2. झुका हुआ 3. आकाश के 4. अन्तरिक्ष की लालिमा से 5. भयानक 6. दृश्य 7. द्वेष-भाव 8. स्वाभिमानी का स्वभाव 9. सूर्यास्त-समय 10. प्रकाश

पुराने शायर

‘मीर’

नाम मुहम्मद तक़ी (मीर तक़ी), ‘मीर’ उपनाम। जन्म लगभग 1724 ई० में आगरा में और देहान्त लगभग 1810 ई० में हुआ। उर्दू शायरी के पितामह कहलाते हैं । उर्दू-फ़ारसी की अन्य रचनाओं के अलावा छः बड़े-बड़े ‘दीवान’ यादगार छोड़े।

आत्मचरित ‘ज़िक्रे-मीर’ (फ़ारसी) का अभी कुछ साल पहले पता चला है।

•

लो यारे-सितमगर ने[1] लड़ाई की है
एक ही तलवार में सफ़ाई की है
इस कूचे की राह ना'श[2] मेरी जावे
वां 'मीर' मैंने बहुत गदाई की है[3]

⚜

चुप्के रहना न 'मीर' दिल में ठानो
बोलो, चालो, कहा हमारा मानो
इक हर्फ़ न कह सकोगे वक़्ते-रफ़तन[4]
चलने को ज़बां के ग़नीमत जानो

⚜

चुप्का - चुप्का फिरा न कर तू ग़म से
क्या हर्फ़ो-सुख़न[5] ऐब है कुछ महरम से[6]
आख़िर को रुके रहते जुनूं[7] होता है
ऐ 'मीर' ! कोई बात किया कर हमसे

⚜

---

1. ज़ालिम मित्र (प्रेयसी) ने 2. लाश 3. भीख मांगी है 4. मृत्यु-समय
5. बात या भेद बताना 6. भेदी से 7. उन्माद

अफ़सोस है उम्र हमने यूंही खोई
दिल जिसको दिया उसने न की दिलजोई
झुंझलाके गला छुरी से काटा आख़िर
झल[1] ऐसी भी इश्क़ में करे है कोई

⚜

बुतख़ाने से[2] दिल अपने उठाए न गए
का'बे की तरफ़ मिज़ाज लाए न गए
तौर-ए-मस्जिद को[3] बरहमन क्या जाने
यां मुद्दते-उम्र में हम आए न गए

⚜

तुम तो ऐ मेहरबान अनूठे निकले
जब आन के पास बैठे रूठे निकले
क्या कहिये वफ़ा एक भी वादा न किया
यह सच है कि तुम बहुत झूठे निकले

⚜

इतने भी हम ख़राब होते रहते
काहे को ग़मे-अल्म से[4] रोते रहते
सब ख़्वाबे-अदम से[5] चौंकने के हैं वबाल
बेहतर था यही कि वहीं सोते रहते

⚜

1. पागलपन 2. मूर्तिगह से 3. मस्जिद के तरीक़े को 4. दुःख के ग़म से 5. अनस्तित्व की नींद से

यारों को कदूरतें[1] हैं अब तो हमसे
जिस रोज़ कि हम जायेंगे इस आलम से[2]
उस रोज़ खुलेगी साफ़ सब पर ये बात
इस बज़्म की रौनक़ थी हमारे दम से

⚜

हरचंद कि ताअ़त में[3] हुआ है तू पीर
पर बात मेरी सुन कि नहीं है तासीर[4]
तस्बीह-ब-कफ़[5] फिरने से क्या काम चले
मनके की तरह दिल न फिरे जब तक 'मीर'

1. मनोमालिन्य 2. संसार से 3. वन्दना में 4. प्रभाव 5. हाथ में माला लिए हुए

‘नज़ीर’ अकबराबादी

उर्दू के सबसे पहले जन-कवि ‘नज़ीर अकबराबादी का नाम था वलीमुहम्मद । जन्म-तिथि के बारे में मतभेद है। 1735, 1737 या 1740 में दिल्ली या आगरा में उनका जन्म हुआ लेकिन देहावसान की तिथि निश्चित रूप से 16 अगस्त, 1830 बताई जाती है। वे अरबी, फ़ारसी, उर्दू, पंजाबी, मारवाड़ी, पूरबी, हिन्दी आदि कई भाषाएं जानते थे और उन्होंने अपनी शायरी में आवश्यकतानुसार उनका प्रयोग भी किया है। उनकी शायरी वास्तविक अर्थों में जीवन-दर्पण है।

•

नासेह[1] न सुना सुखन[2] मुझे जिस-तिसके
जो तूने कहा ये आवे जी में किसके
क्योंकर न मिलूं भला जी में उसके
आह दिल रह न सके बग़ैर देखे जिसके

⚜

गर यार से हर रोज़ मुलाक़ात नहीं
और हो भी गई तो फिर मुदारात[3] नहीं
दिल दे चुके अब क़द्र हो या बेक़द्री जो
कुछ हो सो हो, बस की तो कुछ बात नहीं

⚜

याद आती हैं जब हमें वो पहली चाहें
अफ़सोस करे हैं दिल में क्या-क्या राहें
ये शोर जो क़हक़हे से, सो उनके बदले
अब शोर मचा रही हैं जी में आहें

---

1. धर्मोपदेशक 2. कथन 3. सत्कार

‘ज़ौक़’

शैख़ इब्राहीम नाम, ‘ज़ौक़’ उपनाम। 1789 ई० में दिल्ली के एक निर्धन घराने में जन्म हुआ, लेकिन अपनी शायरी के बलबूते पर अंतिम मुग़ल बादशाह बहादुर शाह ज़फ़र’ के ‘उस्ताद’ के पद तक पहुंचे तथा ‘मलिकुश्शोअ़रा ख़ाकानी-ए-हिन्द’ का ख़िताब पाया।

1854 ई० में आपका देहांत हुआ।

•

इस जहल[1] का है 'ज़ौक़' ठिकाना कुछ भी
दानिश[2] ने किया दिल को न दाना कुछ भी
हम जानते थे इल्म से कुछ जानेंगे
जाना तो ये जाना कि न जाना कुछ भी

जब तक थे गिरह में अहमक़ों के पैसे
सब कहते थे उनको आप ऐसे-ऐसे
मुफ़लिस जो हुए तो फिर किसी ने ऐ 'ज़ौक़'
पूछा न कि थे कौन वो ऐसे-तैसे

दुनिया के अलम[3] 'ज़ौक़' उठा जाएंगे
हम क्या कहें क्या आए थे क्या जाएंगे
जब आए थे रोते हुए आप आए थे
अब जाएंगे औरों को रूला जाएंगे

1. मूढ़ता 2. बुद्धि 3. दुःख

जिन दांतों से हंसते थे हमेशा खिल-खिल
अब दर्द से हैं वही रुलाते हिल - हिल
पीरी[1] में कहां अब वो जवानी के मज़े
ऐ 'ज़ौक़' बुढ़ापे से है दांता-किल-किल

ऐ ज़ाहिदो ! तुमसे क्या झगड़कर लूं मैं
गुस्से से करूं किसलिए दिल को ख़ूं मैं
मयख़्वार-ओ-सनमपरस्त[2] कहते हो मुझे
तुम हो तुम जो कुछ, कि मैं हूं, हूं मैं

ऐ 'ज़ौक़' फ़रिश्ते हैं ये कहकर रोते
ऐ काश ! कि इन्सान ही हम भी होते
ग़फ़लत में ये रहता है यहां तक हुशियार
शैतां के चला देता है सोते-सोते

1. बुढ़ापा 2. शराबी और मूर्तिपूजक

‘ग़ालिब’

मिर्ज़ा असदुल्ला ख़ां जो पहले ‘असद’ उपनाम से और फिर ‘ग़ालिब’ उपनाम से प्रसिद्ध हुए, 27 दिसम्बर, 1797 ई० में आगरा में पैदा हुए और 15 फरवरी, 1869 को दिल्ली में आपका देहांत हुआ। क़ब्र निज़ामुद्दीन औलिया के मज़ार की बग़ल में है।

उर्दू भाषा के एकमात्र शायर हैं, जिनके व्यक्तित्व और साहित्य पर सबसे अधिक लिखा गया है और जिनके ‘दीवान’ के इतने संस्करण निकल चुके हैं कि उनकी गणना नहीं की जा सकती।

•

ता[1] हमको शिकायत की भी बाक़ी न रहे जा[2]
सुन लेते हैं गो ज़िक्र हमारा नहीं करते
'ग़ालिब' तेरा एहवाल[3] सुना देंगे हम उनको
वो सुनके बुला लें, ये इजारा[4] नहीं करते

⚜

दुख जी को पसंद हो गया है 'ग़ालिब'
दिल रुकके बंद हो गया है 'ग़ालिब'
वल्लाह कि शब को[5] नींद आती ही नहीं
सोना सोगंद हो गया है 'ग़ालिब'

⚜

सामाने-ख़ुरो-ख़्वाब[6] कहां से लाऊं
आराम के असबाब[7] कहां से लाऊं
रोज़ा मेरा ईमान है 'ग़ालिब' लेकिन
ख़सख़ाना-ओ-बर्फ़ाब[8] कहां से लाऊं

---

1. ताकि 2. जगह, अवसर 3. हाल 4. दावा 5. रात को 6. खाने और सोने की सामग्री 7. साधन 8. ख़स की टटियों से बना कमरा और बर्फ़ीला पानी

'मोमिन'

नाम मोहम्मद मोमिन खां, 'मोमिन' उपनाम। 1797 ई० में दिल्ली में जन्म हुआ, और वहीं 1849 ई० में आपकी मृत्यु हुई। उर्दू के अलावा अरबी तथा फ़ारसी पर भी पूर्ण अधिकार था। पेशे से हकीम थे, लेकिन हिकमत और शायरी को कभी जीविकोपार्जन का साधन नहीं बनाया। जीवन में अपने सजीलेपन के कारण प्रसिद्ध थे।

•

गर दिल में असर न तेरे ग़म का होता
काहे को ये लोटता - तड़पता होता
कैसे आराम से गुज़रती औक़ात[1]
ऐ काश कि मेरा दिल भी तुझ-सा होता

उल्फ़त में भी मुझको दुख दिए जाते हो
मज़कूर[2] नदामत का किए जाते हो
कहते हैं कि अब ग़ैर का मैं नाम न लूं
यूं भी तो वही नाम लिए जाते हो

है ज़ो'फ़ से[3] दिल पे हाथ धरना दुश्वार
जब दम न रहा तो नाम धरना दुश्वार
इस पर ये ग़ज़ब कि हसरतों का है हुजूम
जीना दुश्वार, मुझको मरना दुश्वार

1. जीवन 2. ज़िक्र 3. बुढ़ापे की दुर्बलता से

'दाग़'

नवाब मिर्ज़ा खां नाम, 'दाग़' उपनाम। 25 मई, 1831 को दिल्ली के लोहारू वंश में पैदा हुए और एक अंग्रेज़ को क़त्ल करने के जुर्म में पिता के फांसी पाने तथा माता के बादशाह बहादुरशाह ज़फ़र के बेटे मिर्ज़ा फ़ख़रू से विवाह कर लेने के बाद लालकिला में रहने लगे। शायरी चमकने और दूसरे पिता के देहांत के बाद काफ़ी समय तक रामपुर के नवाब और फिर हैदराबाद के निज़ाम के पास रहे। हैदराबाद ही में 17 फ़रवरी, 1905 को इनका देहावसान हुआ।

•

दुनिया में कब इंसान की हाजत[1] निकली
हसरत ही रही कोई न हसरत निकली
जीते थे क़्यामत की तवक़्क़ो पर हम
ख़ुद वक़्त की मुहताज क़्यामत निकली

क्या ख़ूब मुसव्वर ने[2] उतारी तस्वीर
देखी न सुनी ऐसी तो प्यारी तस्वीर
जब हाथ लगाता हूं तो जी डरता है
कह बैठे न कुछ मुंह से तुम्हारी तस्वीर

बेगाना यहां हरएक यगाना[3] देखा
अपने मतलब का सब ज़माना देखा
जिसको देखा ग़रज़-ग़रज़ का अपने
दुनिया का अजीब कारख़ाना देखा

1. इच्छा, ज़रूरत 2. चित्रकार ने 3. अपना

‘हाली’

ख़्वाजा अल्ताफ़ हुसैन नाम, ‘हाली’ उपनाम । 1837 ई० में पानीपत में जन्म हुआ। जो थोड़ी-बहुत शिक्षा ग्रहण की, घर पर की, जिससे सन्तुष्ट न हो आप दिल्ली आ गए, जहां ‘ग़ालिब’ और नवाब ‘शेफ़्ता’ से सम्पर्क बना और फिर सर सैयद अहमद ख़ां ऐसे महापुरुष का साथ मिला, जिन्होंने ‘हाली’ को अपने आन्दोलन का सदस्य बना लिया।

‘हाली’ को यदि आधुनिक उर्दू शायरी का जन्मदाता कहा जाए तो अनुचित न होगा और इन्हीं साहित्यिक सेवाओं के उपलक्ष्य में अंग्रेज़ी सरकार ने उन्हें ‘शम्सुल्लमा’ की उपाधि दी थी। 31 दिसंबर, 1914 ई० को आपका देहान्त हुआ।

नेकों को न ठहराइयो बद ऐ फ़र्ज़न्द[1]
एक-आध अदा उनकी अगर न हो पसन्द
कुछ नक़्स[2] अनार की लताफ़त में[3] नहीं
हों उसमें अगर गले-सड़े दाने चंद

है इश्क़ तबीब[4] दिल के बीमारों का
या घर है वो ख़ुद हज़ार आज़ारों का[5]
हम कुछ नहीं जानते, पे इतनी है ख़बर
इक मश्ग़ला[6] दिलचस्प है बेकारों का

हैं जेहल में[7] सब आलिमो-जाहिल हमसर[8]
आता नहीं फ़र्क़ इसके सिवा उनमें नज़र
आलम को है इल्म अपनी नादानी का
जाहिल को नहीं जेहल की कुछ अपने ख़बर

1. पुत्र 2. त्रुटि 3. स्वाद में 4. चिकित्सक 5. दुःखों का 6. शुग्ल, काम 7. अज्ञान में 8. बराबर

'अकबर' इलाहाबादी

उर्दू के सबसे बड़े हास्यव्यंग्य के शायर अकबर हुसैन 'अकबर इलाहाबादी 16 नवम्बर, 1846 ई० को बारह (ज़िला इलाहाबाद) में पैदा हुए। अरबी, फ़ारसी और गणित की साधारण शिक्षा विभिन्न पाठशालाओं से प्राप्त कर ईस्ट इण्डिया कम्पनी में नौकर हो गए। फिर मुख़्तारी और वकालत की परीक्षाएं पास कीं और नायक तहसीलदार से उन्नति करते-करते 'जज' हो गए । सरकार ने 'ख़ां बहादुर' का ख़िताब दिया और जज्जी के बाद एक समय तक इलाहाबाद विश्वविद्यालय के फैलो भी रहे।

1921 में इलाहाबाद में आपका देहावसान हुआ।

ग़फ़लत की[1] हंसी से आह भरना अच्छा
अफ़आले-मुज़िर से[2] कुछ न करना अच्छा
'अकबर' ने सुना है अहले-ग़ैरत से[3] यही
जीना ज़िल्लत से हो तो मरना अच्छा

हरइक से सुना नया फ़साना हमने
देखा दुनिया में इक ज़माना हमने
अव्वल ये था कि वाक़फ़ियत पे था नाज़
आख़िर ये खुला कि कुछ न जाना हमने

उस बुत ने कहा कि तू है बेइल्मो-ख़िरद[4]
खोल आंखें ज़माने के मुआफ़िक़[5] हो जा
आख़िर में खुला कि इसका मतलब ये है —
'अल्लाह को छोड़ मुझपे आशिक़ हो जा!'

---

1. मूढ़ता की 2. हानिकारक कामों से 3. ग़ैरतवालों से 4. अज्ञानी तथा विमढ़ 5. अनुसार

‘इकबाल’

‘ग़ालिब’ के बाद उर्दू के सबसे बड़े दार्शनिक शायर डा० शेख़मुहम्मद ‘इक़बाल’ का जन्म 22 फरवरी, 1873 को स्यालकोट (पाकिस्तान) में हुआ। पंजाब विश्वविद्यालय से दर्शनशास्त्र में एम० ए० करने के बाद यूरोप के कैम्ब्रिज और म्यूनिच (जर्मनी) विश्वविद्यालयों से दर्शन और नीतिशास्त्र तथा ‘डाक्टर आफ़ फ़िलासफ़ी’ की डिगरियां प्राप्त कीं। कुछ समय तक गवर्नमेंट कालेज, लाहौर में पढ़ाया और फिर वकालत करने लगे। 1922 में राज्य ने साहित्यिक सेवाओं के उपलक्ष्य में ‘सर’ का ख़िताब दिया। साहित्यिक सेवाओं के अतिरिक्त उन्होंने राजनीति में भी भाग लिया। आल इंडिया मुस्लिम लीग के अध्यक्ष भी रहे और 1931 में लन्दन में गोल मेज़ कान्फ्रेंस में भी भाग लिया।

21 अप्रैल, 1938 को लाहौर में आपका देहावसान हुआ।

मकानी[1] हूं कि आज़ादे - मकां[2] हूं
जहां में हूं कि ख़ुद सारा जहां हूं
वो अपनी लामकानी में रहें मस्त
मुझे इतना बता दें मैं कहां हूँ

वो मेरा रौनक़े-महफ़िल कहां है
मेरी बिजली, मेरा हासिल[3] कहां है
मुक़ाम उसका है दिल की ख़लवतों में[4]
ख़ुदा जाने मुक़ामे-दिल कहां है

ज़ुल्लामे-बहर में[5] खोकर संभल जा
तड़प जा, पेच खा-खाकर बदल जा
नहीं साहिल तेरी क़िस्मत में ऐ मौज[6]
उभरकर जिस तरफ़ चाहे निकल जा

---

1. आवासयुक्त 2. आवास-मुक्त 3. प्राप्ति 4. एकाकीपन में 5. सागर के तूफ़ानों में 6. लहर

मेरे सीने में दम है दिल नहीं है
तेरा दम गर्मी-ए-महफ़िल नहीं है
गुज़र जा अक़्ल से आगे कि ये नूर
चिराग़े - राह है मंज़िल नहीं है

⚜

तेरे शीशे में[1] मय बाक़ी नहीं है
बता क्या तू मेरा साक़ी नहीं है
समुन्दर से मिले प्यासे को शबनम
बख़ीली[2] है ये रज़्ज़ाक़ी[3] नहीं है

⚜

तेरी दुनिया जहाने-मुर्गो-माही[4]
मेरी दुनिया फ़ुग़ाने-सुबह गाही[5]
तेरी दुनिया में मैं मजबूरो-महकूम
मेरी दुनिया में तेरी पादशाही

---

1. बोतल में 2. कंजूसी 3. जीविका प्रदान करना 4. पक्षियों और मछलियों का संसार 5. सुबह होने की सूचक ध्वनि

यास यगाना चंगेज़ी

'ग़ालिब' के सबसे बड़े शत्रु मिर्ज़ा वाजिद हुसैन पहले 'यास' उपनाम से और फिर 'यगाना' उपनाम से लिखते रहे। आपका जन्म 1883 ई० में अज़ीमाबाद में हुआ। पूर्वज ख़ासे जागीरदार थे, इसलिए जीविका जुटाने में विशेष कठिनाई नहीं हुई।

'ग़ालिब' के अतिरिक्त वे किसी दूसरे शायर को भी ख़ातिर में न लाते थे और ख़ुदा के नाम से तो उन्हें ख़ुदा वास्ते का बैर था । इन्हीं कारणों से जीवन में भी ज़लील हुए और मृत्यु के बाद लखनऊ में मुर्दा भी ख़राब हुआ।

•

का'बा की तरफ़ दूर से सिजदा कर लूं
या दहर का[1] आख़िरी नज़्ज़ारा कर लूं
कुछ देर की मेहमान है जाती दुनिया
इक और गुनाह कर लूं कि तौबा कर लूं

⚜

पस्ती से बुलन्दी पे जो चढ़ता जाए
हर ख़तरा पे लाहौल ही पढ़ता जाए
ऐसे को सहारा न मिले क्या माने ?
गिरता - पड़ता जो आगे बढ़ता जाए

⚜

चारा नहीं कोई जलते रहने के सिवा
सांचे में फ़ना के[2] ढलते रहने के सिवा
ऐ शम्म्‌अ़ तेरी हयाते - फ़ानी[3] क्या है
झोंका खाने संभलते रहने के सिवा

⚜

1. संसार का 2. मृत्यु के 3. नश्वर जीवन

इन्सान की सुहबत[1] आदमी चाहता है
ज़िन्दा रहना है ज़िन्दगी चाहता है
दिल है चंगा तो फिर गंवारों से भी
हंसने - बोलने को जी चाहता है

कहने को तो का'बा भी ख़ुदा का घर है
देखा तो वही ईंट है या पत्थर है
हक़ का मर्कज़[2] है हक़शनासों के[3] लिए
ये सीना - ए - बेकीना[4] अजीब मन्दिर है

मौजों से[5] लिपटके पार उतरने वाले
तूफ़ाने-बला से नहीं डरने वाले
कुछ बस न चला तो जान पर खेल गए
क्या चाल चले हैं डूब मरने वाले

1. साथ 2. केन्द्र 3. भगवान या सत्य को पहचानने वालों के 4. बेलाग मन 5. लहरों से

‘फ़ानी’ बदायूनी

शौकतअली ख़ां ‘फ़ानी’ बदायूनी का जन्म 13 सितम्बर, 1876 को क़स्बा इस्लामनगर (बदायूं) में हुआ। 1901 में बरेली कालेज से बी० ए० और फिर 1908 में अलीगढ़ कालेज से एल-एल० बी० की डिग्री प्राप्त कर लखनऊ और बरेली में वकालत करते रहे । शोकपूर्ण ग़ज़लों में कमाल हासिल करने के साथ-साथ रुबाइयां भी कही हैं। 27 अगस्त, 1941 को देहावसान हुआ।

•

वक़्त अपना सभी तरह गुज़र जाता है
अच्छी कि बुरी तरह गुज़र जाता है
जो लम्हा किसी तरह गुज़रता ही नहीं
मिनजुम्ला[1] किसी तरह गुज़र जाता है

आंखों से जो ख़ूने-दिल बहे बहने दे
तख़फ़ीफ़[2] न चाह दिल को ग़म सहने दे
ग़म में ये तसर्रुफ़[3] है खयानत[4] 'फ़ानी'
ग़म उसकी अमानत है, युं ही रहने दे

तर्के-ग़म[5] से ख़ुशी की हसरत न मिटी
सूरत के बदल जाने से सूरत न मिटी
ग़म लाख ग़लत किया, मगर फिर ग़म था
इन्कारे - हक़ीक़त[6] से हक़ीक़त न मिटी

---

1. संक्षेप में 2. कमी 3. दख़ल 4. बेईमानी 5. ग़म का त्याग 6. वास्तविकता से इन्कार

अब ये भी नहीं कि नाम तो लेते हैं
दामन फ़क़त[1] अश्कों से[2] भिगो लेते हैं
अब हम तेरा नाम लेके रोते भी नहीं
सुनते हैं तेरा नाम तो रो लेते हैं

⚜

कितनों को जिगर का ज़ख़्म सीते देखा
देखा जिसे, ख़ूने-दिल ही पीते देखा
अब तक रोते थे मरने वालों को, और अब
हम रो दिए जब किसी को जीते देखा

⚜

दुनिया अंधेर जब हुई जाती हो
उम्मीद भी साथ छोड़ती जाती हो
समझो सुन ली ख़ुदा ने दिल की फ़र्याद
हरचन्द कि जब उफ़ भी न की जाती हो

⚜

वो दूर को चाहा कि परी को चाहा
चाहा उसे, हमने जिस किसी को चाहा
सौ रंग से थी दिल में तमन्ना उसकी
जब उसको न चाहा तो उसी को चाहा

---

1. केवल 2. आंसुओं से

‘अमजद’ हैदराबादी

सैयद अमजद हुसैन नाम, ‘अमजद’ उपनाम। 1886 में हैदराबाद (दक्खन) में पैदा हुए और चौथाई सदी तक अध्यापक रहे। आपने अनगिनत नज़्में और ग़ज़लें कही हैं, लेकिन याद अपनी उन रुबाइयों के कारण किए जाते हैं जिनके बारे में एक समालोचक ने कहा था :

“अमजद की टक्कर का कोई रुबाई कहने वाला शायर नहीं है।”

•

इस सीना में[1] कायनात[2] रख ली मैंने
क्या ज़िक्रे-सिफ़ात[3] ज़ात रख ली मैंने
ज़ालिम सही, जाहिल सही, नादान सही
सब कुछ सही तेरी बात रख ली मैंने

⚜

जी उसका भी भर आया रुलाकर मुझको
ठंडा न रहा ख़ुद भी जलाकर मुझको
ख़ुद मिल गया ख़ाक में मिलाकर मुझको
क्या फ़तह हुई शिकस्त पाकर मुझको

⚜

दुनिया के हरइक ज़र्रे से घबराता हूं
ग़म सामने आता है जिधर जाता हूं
रहते हुए इस जहां में मुद्दत गुज़री
फिर भी अपने को अजनबी पाता हूं

1. छाती में 2. विश्व 3. गुणों की चर्चा

हर ज़र्रे पे फ़ज़ले - किब्रिया[1] होता है
इक चश्मे-ज़दन में[2] क्या से क्या होता है
असनाम[3] दबी ज़ुबान से ये कहते हैं
वो चाहे तो पत्थर भी ख़ुदा होता है

⚜

इस नाम की ज़िन्दगी में कुछ जान तो हो
गर बन न सके फ़रिश्ता इन्सान तो हो
नेकी न हुई हो, बदी भी तो न कर
सूफ़ी न हुआ न हो, मुसलमान तो हो

⚜

हर क़तरे में बहरे - मार्फ़त[4] मज़्मर[5] है
हर ज़र्रे में कुछ न कुछ जौहर है
हो चश्मे - बसीरत[6] तो है हर चीज़ अच्छी
गर आंख न हो तो लाल भी पत्थर है

⚜

मर-मरके लहद में[7] मैंने जा[8] पाई है
यां तक मुझे तेरी ही कशिश[9] लाई है
आ ! ऐ मेरे मुंह छुपाने वाले आ जा
ख़ल्बत[10] है, शबे - तार[11] है, तनहाई है

⚜

---

1. भगवान की कृपा 2. आंख झपकने में 3. मूर्तियां 4. भगवान की पहचान-रूपी सागर 5. निहित 6. ठीक देखने वाली आंख 7. कब्र में 8. जगह 9. आकर्षण 10. एकांत 11. अंधेरी रात

कुछ वक़्त से इक बीज शजर[1] होता है
कुछ रोज़ में इक क़तरा गुहर[2] होता है
ऐ बन्दा - ए- नासुबूर[3] तेरा हर काम
कुछ देर में होता है मगर होता है

⚜

हासिल न किया मिहर से[4] ज़र्रा तुमने
दरिया से पिया न एक क़तरा तुमने
'अमजद' साहब ! ख़ुदा को क्या समझोगे
अब तक ख़ुद ही को न जब समझा तुमने

⚜

ये संगे - निशां[5] है मंज़िले - वहदत[6] का
पैदा न हुआ फिर कोई इस सूरत का
इन्सां जिसे कहते हैं दुनिया वाले
क़द्दे - आदम आईना है क़ुदरत का

⚜

गुलज़ार भी सहरा नज़र आता है मुझे
अपना भी पराया नज़र आता है मुझे
दरिया - ए - वुजूद में[7] है तूफ़ाने - अदम[8]
हर क़तरा में ख़तरा नज़र आता है मुझे

---

1. पेड़ 2. मोती 3. बेसबर मनुष्य 4. सूरज से 5. मार्ग में मील के निशान का पत्थर 6. एकाकीपन की मंज़िल 7. अस्तित्व-रूपी नदी में 8. मृत्यु-रूपी तूफ़ान

तिलोकचन्द 'महरूम'

तिलोकचन्द नाम, 'महरूम' उपनाम। 1887 में ईसाख़ील (ज़िला मियांवाली—पाकिस्तान) में पैदा हुए। शिक्षा ईसाख़ील, बन्नू और लाहौर में हुई और विभिन्न स्कूलों - कालेजों में मास्टरी, हैडमास्टरी और प्रोफेसरी करते रहे। भारत-विभाजन के बाद से स्थायी रूप से दिल्ली में हैं। 3 मार्च, 1962 को पंजाब सरकार की ओर से आपकी साहित्यिक सेवाओं के उपलक्ष्य में अभिनन्दन-पत्र के साथ-साथ ग्यारह सौ रुपये की थैली भेंट की गई है।

पता : 219 डी० आई० चाणक्यपुरी, विनय मार्ग, नई दिल्ली।

•

इन्कारे-गुनाह भी किये जाता हूं
तकरारे-गुनाह भी किये जाता हूं
हासिल हो सवाब[1] मुफ़्त, इस लालच में
इक़रारे-गुनाह भी किये जाता हूं

⚜

हम भूल को अपनी इल्मो-फ़न समझे हैं
ग़ुरबत के मुक़ाम को वतन समझे हैं
मंज़िल पे पहुंचके झाड़ देंगे इसको
ये गर्दे-सफ़र है, जिसको तन समझे हैं

⚜

हासिल कितना कमाल इन्सां ने किया
अफ़लाक को[2] पायमाल इन्सां ने किया
ये अक्ल अभी नहीं आई कि क्यों
इन्सां को तबाह-हाल इन्सां ने किया

⚜

1. पुण्य 2. आकाशों का

दम अकसर पारसाई का भरता है
हैरां हूं कि दिल मेरा ये क्या करता है
ख़ौफ़ इसको गुनाह से नहीं है लेकिन
इल्ज़ामे - गुनाह से बहुत डरता है

दुनिया ने अजब रंग जमा रक्खा है
हरइक को गुलाम अपना बना रक्खा है
फिर लुत्फ़ ये है कि जिससे पूछो वो कहे
इस आलमे-आबो-गिल में[1] क्या रक्खा है

ज़ाहिर में[2] क़ज़ा[3] बहुत सितम ढाती है
जां सुनके अजल का[4] नाम डर जाती है
लेकिन हर मौत का नतीजा है हयात
हर शाम पैग़ामे-सुबहे-नौ[5] लाती है

1. मिट्टी और पानी के संसार में 2. प्रत्यक्ष में 3. मृत्यु 4. मृत्यु का
5. नवप्रभात का सन्देश

सूरजनारायण 'मिहर'

मुंशी सूरजनारायण नाम, 'मिहर' उपनाम। दिल्ली के वासी थे। शुरू के हालात कहीं नहीं मिलते। हां, उनके कविता-संग्रह 'कलामे-मिहर' की भूमिका से इतना पता चलता है कि वे 1882 में गवर्नमेंट कालेज, लाहौर में विद्यार्थी थे और वहां से बी० ए० करने के बाद काफी समय तक दिल्ली और रावलपिंडी में इन्स्पैक्टर ऑफ़ स्कूल्ज़ की हैसियत से काम करते रहे। मृत्यु 1933 में हुई।

•

ऐ इश्क़ सितम-पेशा[1] तेरा राज़े-मतीं[2]
कुछ ऐसा है सरबस्ता[3] कि खुलता ही नहीं
हैरां हूं मंढे चढ़ेगी क्योंकर ये बेल
मैं तालबे-दीदार[4] हूं वो पर्दा-नशीं

⚜

बेख़ुद[5] नहीं, हां ख़ुदी[6] से बेज़ार हूं मैं
जामे-वहदत से[7] 'मिहर' सरशार[8] हूं मैं
दीवाना मुझे कहें तो परवा क्या है
दीवाना बकार ख़ुवेश हुशियार हूं मैं

⚜

भूले जो अज़ीज़ों को वो मस्ताना है
भूले जो यगानों को[9] वो बेगाना है
हैरत[10] है कि भूला हूं मैं ख़ुद अपने तईं[11]
मुझसा भी जहां में कोई दीवाना है

---

1. अत्याचारी 2. गहरा भेद 3. निहित 4. देखने का इच्छुक 5. बेहोश 6. अहं से 7. एकाकीपन-रूपी मदिरा के प्याले से 8. उन्मत्त 9. अपनों को 10. आश्चर्य 11. स्वयं को

जगतलाल 'रवां'

चौधरी जगतमोहन लाल 'रवां' 14 जनवरी, 1889 को उन्नाव (लखनऊ) में पैदा हुए और 1913 में एम० ए० और 1916 में एल-एल० बी० करने के बाद उन्नाव ही में वकालत करने लगे। केवल पैंतालीस वर्ष की आयु पाकर 1934 में इस संसार से उठ गए लेकिन अपनी नज़्मों-ग़ज़लों के संग्रह 'रूहे-रवां' के अतिरिक्त 'रुबाइयाते-रवां' की जो निधि छोड़ गए हैं, उर्दू साहित्य उसे हमेशा प्रशंसा की नज़र से देखेगा।

●

हर क़ल्ब पै[1] बिजलियां गिराती आई
इक आग सी हर तरफ़ लगाती आई
खुलते जाते हैं ज़ख़्म-हाए-कुहना[2]
फिर सुबहे-बहार मुस्कराती आई

मेरे साक़ी शराबे-साफ़ी[3] देना
हो जिससे गुनह की कुछ तलाफ़ी देना
उतरे न ख़ुमार ज़िन्दगी-भर जिसका
ऐसी देना और इतनी काफ़ी देना

इफ़्लास[4] अच्छा न फ़िक्रे-दौलत अच्छी
जो दिल को पसंद हो वो हालत अच्छी
जिससे इस्लाह-ए-नफ़स[5] नामुमकिन हो
उस ऐश से हर तरह मुसीबत अच्छी

1. दिल पर 2. पुराने घाव 3. स्वच्छ मदिरा 4. ग़रीबी 5. मन की शुद्धि

दाना[1] मिलते हैं बेख़बर मिलते हैं
लेकिन इक रंग पर नहीं मिलते हैं
झूटे ईमान वाले लाखों हैं 'रवां'
सच्चे काफ़िर मगर नहीं मिलते हैं

दिल माइले-गिर्या[2] किसलिए होता है
क्यों बेसबब आंसुओं से मुंह धोता है
लाहल[3] नहीं उक़दा-ए-सऊबाते-जहां[4]
जब मौत यक़ीनी है तो फिर क्यों रोता है

क्या तुमसे बतायें उम्रे-फ़ानी क्या थी
बचपन क्या चीज़ था, जवानी क्या थी
ये गुल की महक थी, वो हवा का झोंका
इक मौजे-फ़ना[5] थी ज़िन्दगानी क्या थी

कुछ वक़्त अगर ख़ुशी में कट जाता है
तस्कीन होती है रंज बट जाता है
अक्सर तो कुछ ऐसा हाल होता है 'रवां'
बिल्कुल दुनिया से जी उचट जाता है

---

1. बुद्धिमान 2. रोने पर उतारू 3. जो सुलझ न सकता हो 4. संसार की मुसीबतों की गुत्थी 5. मिट जाने वाली लहर

दरिया जो नहीं, फ़ज़ा-ए-बाला[1] भी नहीं
ज़र्रा जो नहीं तो कोहो-सहरा[2] भी नहीं
ऐ हस्ती-ए-बेनवा पे[3] हंसने वाले
क़तरा जो नहीं तो मौजे-दरिया[4] भी नहीं

ताबअ़[5] हमें अक़्ल का किए देती है
आज़ादी-ए-दिल फ़ना किए देती है
तहज़ीब की अज़मतों से[6] हम बाज़ आए
फ़ितरत से[7] हमें जुदा किए देती है

---

1. आकाश 2. पहाड़ और मरुस्थल 3. बेसामान जीवन पर 4. नदी की लहर 5. बन्दी 6. महानताओं से 7. प्रकृति से

‘शाकिर’ मेरठी

नाम प्यारेलाल, उपनाम ‘शाकिर’। मेरठ में जन्म हुआ और वहीं शिक्षा प्राप्त की। धम से ईसाई हैं लेकिन उर्दू ज़बान जैसे ‘घर की लौंडी’ है। पत्र ‘अदीब’ (इलाहाबाद) और ‘अलअसर’ (लखनऊ) के सम्पादक रह चुके हैं और कालिदास की कविताओं को उर्दू नज़्मों में ढालने के लिए विशेष रूप से प्रसिद्ध हैं और रुबाई के तो उस्ताद माने जाते हैं।

•

घर कर गई सीने में मुहब्बत तेरी
मुमकिन नहीं देखूं जो न सूरत तेरी
पत्थर की लकीर जो मिट सकेगी न कभी
कुछ खेल ख़ुदाया नहीं उल्फ़त तेरी

वो शौक़े-विसाल की[1] कहानी न रही
वो हिज्र की[2] काहिशे-निहानी[3] न रही
माना न मेरा शबाब[4] रहता ऐ दिल
तेरी भी तो हाए वो जवानी न रही

यकसां[5] नहीं हैं ज़ाहिर-ओ-बातन[6] जिनके
चुनवाएगी उनको ये दोरंगी तिनके
गर दिल में नहीं चोर तुम्हारे 'शाकिर'
क्यों रखते हो डर-डरके क़दम गिन-गिनके

1. मिलन के शौक़ को 2. जुदाई की 3. निहित पीड़ा 4. यौवन 5. एक ऐसे 6. भीतर-बाहर

अंदोहे - ग़मो - रंजो - मिहन से[1] छूटे
दुनिया के वबाले - जां - शिकन से[2] छूटे
मर-मरके हुआ कफ़न नसीब ऐ 'शाकिर'
सद[3] शुक्र कि फ़िक्र-ए-पैरहन से[4] छूटे

⚜

दिल में नहीं अब ख़ून का क़तरा बाक़ी
अश्कों ने[5] न आह कुछ भी रखा बाक़ी
दिल हो गया ज़ीस्त की हलावत से सेर[6]
अब मौत की चाशनी है चखना बाक़ी

⚜

आमद[7] थी बहारे-ज़िन्दगानी[8] तेरी
पैग़ामे - निशाते - मेहमानी तेरी[9]
खोया तुझे हुस्नो - इश्क़ के झगड़ों में
कुछ क़द्र न की हमने जवानी तेरी

---

1. दुखों की पीड़ाओं से 2. जानतोड़ मुसीबत से 3. सौ 4. लिबास की चिंता से 5. आंसुओं ने 6. जीवन की मिठास से मन भर गया है 7. आगमन 8. ज़िन्दगी की बहार 9. तुम्हारे मेहमान होने का सुख-सन्देश